Vol 6996
pour L.A.

LISA NIVEZ

Vol 6996
pour L.A.

Red Velvet

Mode d'emploi

Vous êtes sur le point de vous plonger dans la lecture d'un livre dont vous êtes l'héroïne.

Peut-être vous interrogez-vous sur la marche à suivre ?

C'est très simple !

Commencez votre lecture au chapitre 1. À la fin de chaque chapitre, vous aurez une indication sur le chapitre à lire ensuite. Attention, il ne s'agit pas d'une page, mais bien d'un numéro de chapitre, que vous trouverez en haut à droite du livre.

Parfois, vous n'aurez qu'à vous laisser guider, et parfois vous aurez le choix entre deux voire trois chapitres pour continuer votre lecture... Dans ce cas, c'est à vous de décider de la suite de l'intrigue !

Une fois que vous aurez terminé votre première lecture, n'hésitez pas à recommencer au chapitre 1, afin de découvrir les nombreux autres chemins que vous pourriez emprunter...

Bonne lecture !

1

— Voilà, mademoiselle, l'embarquement débutera dans une heure, porte 24, vous annonce l'hôtesse en vous tendant votre billet et votre passeport. Je vous souhaite un bon voyage!

Vous la remerciez, un sourire jusqu'aux oreilles. Depuis le temps que vous rêviez de ce voyage à Los Angeles… Vous avez encore du mal à croire que, dans juste un peu plus de douze heures, vous foulerez le sol américain.

Vous composez aussitôt un texto pour votre amie Clara :

«Valises enregistrées, prépare-toi, j'arrive!»

Vous retenez un rire en voyant s'afficher la photo de la petite blonde sur l'écran de votre smartphone : elle y arbore fièrement des oreilles de lapin et un maquillage digne de votre filleule de cinq ans…

C'était il y a plus de deux ans, à son enterrement de vie de jeune fille. Enfin… la version française, que vous avez organisée avec vos copines d'école. «Dire qu'on ne s'est pas revues depuis son mariage, c'est fou!»

Quand Clara vous avait annoncé qu'elle avait trouvé le poste de ses rêves à Los Angeles, vous aviez tout de suite imaginé les virées que vous pourriez faire toutes les deux à San Francisco, ou à Las Vegas. Parcourir le désert en voiture, s'arrêter dans des motels miteux…

Bien sûr, les choses ne se sont pas passées comme prévu. Vous avez vous aussi décroché votre premier boulot le mois suivant. Un poste de chef de projet dans une agence de communication, bien loin du glamour du travail de productrice de Clara…

En même temps, cette distribution des rôles vous correspondait parfaitement: vous étiez la sérieuse, la discrète, et elle la rigolote, l'extravagante. Ce que vous n'aviez pas imaginé, c'est que votre vie professionnelle serait si prenante: de soirées au bureau en bouclage du week-end, vous n'avez jamais réussi à prendre les vacances dont vous rêviez.

Deux ans plus tard, c'était pendant l'une de vos discussions hebdomadaires sur Skype que Clara vous avait annoncé la grande nouvelle: Dan lui avait demandé de l'épouser!

Les préparatifs du mariage – qui avait eu lieu en France – avaient été une occasion formidable de vous retrouver. Pourtant, depuis, deux nouvelles années étaient passées sans que le rythme infernal de vos vies respectives vous ait offert d'autres occasions de vous voir. Jusqu'à aujourd'hui!

D'un pas décidé, vous vous dirigez vers les douanes, comptant bien profiter de l'attente pour faire un peu de shopping en *duty-free*.

Ce matin, en bouclant votre valise, vous avez dû vous rendre à l'évidence : votre garde-robe est plus adaptée aux occasions professionnelles qu'à des vacances californiennes… Du noir, du noir et encore du noir. Vos vêtements sont chics et de bon goût… mais pas franchement amusants.

« Un peu comme ma vie… », remarquez-vous en rejoignant la longue queue devant les guichets de contrôle des passeports. « Bien sous tout rapport, mais pas franchement palpitante ! »

Cela fait maintenant six mois que vous avez quitté Marc, ce qui d'ailleurs, n'a pas eu l'air de lui briser le cœur. Il a dû mettre une demi-heure tout au plus à rassembler les affaires qu'il avait laissées dans votre appartement… et ce crétin vous a même fait la bise en partant ! Il n'y avait pas de meilleur résumé de votre relation : vous étiez de bons amis, mais la passion n'avait jamais été au rendez-vous.

Comme vous l'avait dit Clara cette semaine-là, ce qu'il vous faut, c'est un homme dont vous tomberez folle amoureuse, pas d'un compagnon pour la maison de retraite ! Et en attendant de le trouver, « tu devrais en profiter pour t'amuser un peu, cocotte… »

Une fois votre passeport contrôlé par un agent de la police aux frontières, vous avancez vers la zone d'embarquement et prenez place dans la file d'attente qui s'est formée devant les portiques de sécurité.

Vous soupirez en observant une jeune femme ultra-sophistiquée qui vous précède de quelques mètres.

Cette grande rousse aux cheveux bouclés semble prête pour une soirée habillée plutôt que pour un voyage en avion : talons de douze centimètres, jupe au genou, ceinture, bijoux et minuscule pochette en guise de sac à main. Vous êtes sûre qu'elle va mettre au moins cinq minutes pour franchir le contrôle sûreté… Et ça ne rate pas : son passage déclenche l'alarme du portique de sécurité.

Vous décidez de changer de file pour éviter de poireauter, et enfin, c'est à votre tour. En jeune femme prévoyante, vous ne portez ni bijoux ni ceinture et vous êtes chaussée de ballerines : votre passage ne prend donc pas plus de quelques instants.

Vous rejoignez enfin la galerie marchande de l'espace *duty-free*. Immédiatement, votre œil est attiré par une boutique de sacs de luxe. En vitrine est exposé le modèle le plus célèbre de la marque : un grand cabas rose et doré, particulièrement voyant.

« Je devrais peut-être me l'acheter ? vous interrogez-vous. Au moins, avec ça je ne passerais plus inaperçue ! »

Pourtant, vous ne pensez pas être quelqu'un d'ennuyeux… Non, vous savez vous amuser. D'ailleurs, vous avez largement profité de vos trois années d'école de commerce pour faire la fête. Mais depuis que vous travaillez, faire des rencontres n'est plus si évident. Hors de question d'avoir une relation avec un collègue ou un client, et il n'est pas rare que vous ratiez les soirées à cause de vos horaires de dingue…

Vous entrez dans la boutique et vous dirigez vers le sac rose, symbole du maroquinier. Plus vous vous en approchez, plus vous vous rendez compte qu'il vous sera absolument impossible de le porter : vous auriez l'impression d'être regardée en permanence ! Non seulement à cause de la couleur flashy, mais aussi de sa taille gigantesque. Et puis le fait qu'on ait vu ce modèle dans tous les magazines vous donnerait l'impression d'afficher votre salaire…

Mais au moment où vous vous apprêtiez à faire marche arrière, la vendeuse se précipite sur vous, comme guidée par un instinct prédateur infaillible. Les longs cheveux blond blanc de la jeune femme et son extrême maigreur lui donnent l'air d'un fantôme.

— Vous voulez l'essayer ? vous propose-t-elle, en soulevant le sac. Un peu de couleur dans votre tenue, ça vous ferait du bien !

Vous haussez les sourcils en détaillant sa tenue intégralement noire : slim et chemise boutonnée jusqu'au col.

— Je… Oui, pourquoi pas ? bredouillez-vous, incapable de dire non, comme à votre habitude.

Une fois le sac à votre bras, vous vous tournez vers le miroir en grimaçant à l'idée du spectacle ridicule que vous devez offrir… Et votre reflet ne vous rassure pas : vous avez l'impression de disparaître derrière l'énorme cabas, et ce rose…

Tout à coup, vous repérez un petit modèle noir à côté du grand miroir en pied. Il semble tout simple, à un détail près : deux rangées de clous dorés ornent le dessous du sac.

« Voilà, ça, c'est plus moi : discret, mais avec une touche d'originalité ! »

Aujourd'hui, vous vous sentez l'âme d'une aventurière. C'est le premier jour de vos vacances, et vous n'avez pas envie que Clara vous trouve trop sage pour elle. Non, ce que vous voulez, c'est une semaine aussi extravagante que votre amie… Alors, pourquoi ne pas commencer par quelques clous discrets?

— J'aimerais essayer celui-ci, s'il vous plaît.

La vendeuse fait une moue déçue, que vous interprétez sans peine : le sac noir est bien moins cher que le célèbre modèle rose.

Mais quand vous passez le sac à votre bras, la jeune femme se déride.

— Il vous va très bien! vous complimente-t-elle.

« Forcément, elle ne va pas me dire le contraire!»

Vous observez un instant votre reflet dans le miroir : c'est vrai que le sac s'accorde bien à la petite robe noire que vous portez aujourd'hui. Pour une fois, vos cheveux châtains mi-longs sont détachés, et ce sac donne un petit côté rock à votre tenue qui vous plaît bien.

— Je vais le prendre! décidez-vous soudain.

Vous avez si peu dépensé cette année que vous pouvez bien vous permettre cette petite folie.

La vendeuse vous fait un large sourire.

— Je vous l'emballe?

— Non, merci. Je voudrais partir avec. Je peux vous laisser ça? ajoutez-vous en soulevant le vieux sac en cuir informe que vous traînez depuis des années.

La jeune blonde ne peut retenir une grimace, mais s'empresse d'accepter, trop heureuse de cette vente rapide.

Vous dégainez votre carte bleue pour régler votre achat avec un soupir de satisfaction. C'est comme ça que vous voudriez vous comporter au quotidien. Plus de spontanéité et moins de questionnements infinis!

«C'est décidé, je commence maintenant» vous promettez-vous, en transférant vos affaires d'un sac à l'autre.

Mettez cette bonne résolution en pratique en 2.

2

«Parfait! songez-vous, alors que vous venez de quitter la boutique. J'ai le temps d'aller m'acheter un ou deux magazines pour m'occuper pendant le décollage.»

En sortant du point presse, vous repérez un stand de manucure. Et si vous vous accordiez un petit plaisir avant le vol? Vous devriez avoir juste le temps pour une pose de vernis avant d'embarquer…

«C'est parti!»

Vous vous installez devant l'étroit comptoir, et demandez une manucure express à l'esthéticienne.

— Quelle couleur de vernis, mademoiselle? vous demande-t-elle, en désignant une rangée de flacons bien alignés.

— Un beige clair, répondez-vous automatiquement.

Sobre et de bon goût. Mais, alors que la jeune femme prépare son matériel, vous vous reprenez:

— Non, finalement, je vais prendre cet orange vif! déclarez-vous en lui tendant un flacon de couleur flashy qui vous a sauté aux yeux en vous asseyant.

L'esthéticienne vous sourit.

— Vous avez raison, c'est plus festif !

« Les passagers du vol 6996 pour Los Angeles sont priés de se rendre porte 24 pour l'embarquement. »

L'annonce retentit alors que vous quittez le salon de manucure. Timing parfait !

Vous rejoignez la porte 24 tout en admirant vos ongles orange vif. Cette petite touche de couleur suffit à vous donner l'impression que l'atmosphère s'est réchauffée de plusieurs degrés !

« À moi le soleil de Californie ! » vous dites-vous en rejoignant la file de voyageurs qui patientent.

— Tu sais qu'on vole en A380 ? annonce l'homme d'une quarantaine d'années qui vous précède dans la queue à sa femme, une minuscule brune aux cheveux courts. Il paraît que les sièges sont hyperconfortables, même en éco !

« Ce n'est pas comme si elle avait besoin de place pour ses jambes ! » songez-vous avec un sourire amusé alors que vous arrivez enfin devant la porte d'embarquement.

En tendant votre billet et votre passeport à l'hôtesse, vous jetez un coup d'œil par la baie vitrée, curieuse d'apercevoir l'appareil : effectivement, c'est un monstre volant ! D'après ce que vous avez lu dans les journaux, on n'y ressent pratiquement aucune turbulence, et ce qui n'est pas pour vous déplaire. Vous n'avez pas peur en avion, mais il faut avouer qu'il y a des choses plus agréables que d'être secouée pendant des heures…

Vous avez encore le souvenir pénible d'un voyage d'à peine plus d'une heure à bord d'un petit coucou à hélice. Même les hôtesses semblaient inquiètes, ce qui n'est jamais très bon signe…

Vous empruntez ensuite la direction que vous a indiquée l'hôtesse : la porte par laquelle vous devez embarquer se situe sur le pont inférieur de l'avion, du côté de son nez. Il y en a sept autres, ce qui devrait permettre de ne pas attendre des heures, vous dites-vous, en parcourant le long couloir. Dès votre arrivée dans l'appareil, l'odeur caractéristique des avions envahit vos narines. Pour vous, elle est synonyme de vacances, mais aussi de magie. À chaque vol, vous êtes émerveillée par la vue des minuscules maisons qui s'éloignent, puis des nuages blancs aperçus par le hublot. L'idée qu'une telle masse de métal puisse voler ne cesse de vous étonner.

— Bienvenue à bord, mademoiselle ! Siège 15 J, ce sera la cinquième rangée sur votre droite.

Vous souriez au charmant steward qui vient d'interrompre votre rêverie. Il ne doit pas avoir plus de 25 ans, et il a un visage d'ange que vous ne pouvez vous empêcher d'admirer. Une mèche de cheveux blonds retombe sur son front, devant ses yeux d'un bleu profond. Et son sourire fait apparaître une adorable fossette sur sa joue droite.

Même si vous avez toujours choisi des partenaires plus âgés que vous, la beauté du jeune homme est si frappante que vous comprenez pourquoi certaines femmes peuvent être attirées par des hommes plus jeunes qu'elles.

«En tout cas, pensez-vous en détournant les yeux à regret, ce serait un plaisir de l'avoir sous les yeux pendant tout le vol. J'espère qu'il s'occupe de la classe éco!»

Vous souriez, en imaginant la tête que ferait Clara si vous lui racontiez une folle aventure en plein ciel avec un jeune et beau steward… Elle n'en reviendrait pas: c'est beaucoup plus son genre que le vôtre. «Mais maintenant qu'elle est mariée, il serait peut-être temps que je prenne la relève, après tout!» vous dites-vous avec un petit sourire.

« Je ne sais pas si elle a déjà fait ça en avion?» vous demandez-vous soudain. Vous avez toujours pensé que ceux qui se targuaient d'être membres du fameux *«Mile high Club»* – c'est-à-dire d'avoir déjà fait l'amour dans un avion en vol – étaient pour la plupart des menteurs… « S'ils disaient tous vrai, on ne pourrait jamais trouver de toilettes libres dans un avion!»

Alors que vous cherchez votre rangée, vous laissez votre imagination dériver quelques instants. Si vous étiez dans une des comédies romantiques que vous aimez tant, votre rencontre avec le jeune steward se ferait par hasard. Peut-être renverseriez-vous du jus d'orange sur son uniforme? Ensuite, la conversation s'engagerait, et vous découvririez, émerveillée, un garçon aussi drôle et sensible que beau… Une image du jeune steward se penchant vers vous pour vous embrasser vous traverse l'esprit. Vous riez toute seule.

«Il est vraiment temps que je prenne des vacances, moi!»

Rejoignez votre place en 3.

3

En avançant dans l'allée, vous jetez un regard curieux autour de vous. Pas de doute : il y a bien plus d'espace que dans les avions que vous avez déjà pris auparavant.

Les places vous semblent tout de suite plus larges et le design moderne ne gâche rien. Le tissu bleu nuit qui recouvre les fauteuils semble encore tout neuf, et les petits coussins orange posés sur chaque siège égayent l'atmosphère. Chaque rangée accueille pas moins de dix places, quatre au milieu, et trois de chaque côté. Les deux allées sont elles aussi beaucoup plus larges que celles dont vous avez l'habitude : deux personnes peuvent s'y croiser sans problème. «Aucun risque de me retrouver coincée derrière le chariot du repas pendant un quart d'heure !»

En examinant les numéros des sièges, vous êtes ravie de comprendre que votre place se trouve sur un des côtés. Rien de pire que de passer douze heures coincée au milieu, entourée par des voisins qui dorment profondément alors que vous auriez besoin d'aller aux toilettes…

« En revanche, je n'ai pas de hublot cette fois-ci !» remarquez-vous, déçue, en jetant un coup d'œil discret à la personne qui s'est déjà installée au bout de votre rangée. Et vous devez retenir un cri de surprise : c'est la jeune femme rousse qui était devant vous au passage de la douane !

Vous tentez un sourire amical, mais elle se contente de hausser un sourcil, avant de plonger dans son sac à main pour en sortir un petit miroir.

« Bien sûr, ça fait au moins cinq minutes qu'elle est assise, il faut absolument penser à la retouche maquillage !» vous moquez-vous intérieurement, en haussant les épaules. «Au moins, elle n'a pas l'air de vouloir engager la conversation !»

Vous ouvrez le compartiment au-dessus de votre siège pour y placer votre bagage cabine, un grand sac noir qui contient l'essentiel : tenue de rechange, mini-trousse de toilette, pyjama – bref, de quoi tenir si votre valise était retardée ou perdue –, quand soudain, une voix s'élève dans votre dos.

— Vous avez besoin d'aide, mademoiselle ?

Surprise, vous vous retournez, et vous retrouvez nez à nez avec un grand brun aux yeux verts. Son sourire franc dévoile une rangée de dents blanches parfaitement alignées. Et ce n'est pas le seul élément qui retient votre attention… Il est vraiment très beau. Si beau que vous en oubliez complètement de répondre à sa question !

— Pour monter votre valise, explique-t-il, en voyant que vous ne réagissez pas. Vous voulez de l'aide ?

— Ah, ma valise ! Non… enfin oui, si, je veux dire… Je veux bien !

Le beau brun vous fige de nouveau sur place en vous envoyant un deuxième sourire à 220 watts. Pendant qu'il s'occupe de monter votre bagage cabine, vous l'observez discrètement. Il est grand, plutôt mince et il porte un jean brut droit et une chemise blanche très simple.

— Je suis juste à côté, vous annonce-t-il, une fois votre bagage en sécurité dans son compartiment.

— Comment ça ? demandez-vous, sans comprendre.

Pour la deuxième fois en quelques minutes, son regard clair et son sourire éclatant vous font perdre tous vos moyens. Vous avez soudain l'impression d'avoir le cerveau entièrement vide.

— J'ai le siège à côté de vous, explique-t-il.

— Ah oui, bien sûr ! vous exclamez-vous, en voulant avancer dans l'allée pour le laisser passer.

— Non, non, ne bougez pas !

Le beau brun se tourne pour se faufiler devant vous, et votre regard descend vers ses fesses. Vous ne l'avoueriez jamais, mais c'est le détail que vous regardez en premier chez un homme. Selon vous, de belles fesses d'hommes sont fermes, bien sûr, mais pas trop rebondies ; vous trouvez celles des rugbymen un peu trop féminines, par exemple. Trop de courbes ! En tout cas, celles de votre voisin semblent parfaites.

Le beau brun ne passe qu'à quelques centimètres de vous, et vous percevez nettement son parfum, un mélange de citron et de poivre. Vous regrettez presque qu'il ait réussi à rejoindre sa place sans vous frôler.

Vous vous laissez tomber sur votre siège. Ces douze heures de vol pourraient bien se révéler plus amusantes que prévu !

— Je m'appelle Tom, vous dit votre charmant voisin, en vous tendant la main.

— Enchantée, répondez-vous avec un sourire que vous espérez séducteur.

— Et vous? demande-t-il, après quelques instants d'attente.

«Mais quelle cruche! Je ne me suis pas présentée…»

Vous réparez immédiatement cet oubli, en espérant que le délicieux Tom ne vous considérera pas définitivement comme une écervelée…

— Moi c'est Vanessa, intervient alors la grande rousse assise à côté du hublot, avec un sourire si large qu'il ne peut que lui faire mal aux joues.

«Tiens, je l'avais oublié celle-là! Bizarrement, on dirait qu'elle a beaucoup plus envie de faire la connaissance de Tom que la mienne…»

La jeune femme a rangé son maquillage et se penche vers son voisin en essayant visiblement de lui offrir la vue la plus imprenable sur son profond décolleté.

Vous soupirez. «Évidemment… Pour une fois que je suis assise à côté d'un mec sublime, il faut qu'il y ait une bimbo de l'autre côté…»

Pour la seconde fois de la journée, vous vous demandez si votre allure n'est pas un peu trop sage… « On n'attrape pas les mouches avec du vinaigre» soupirez-vous intérieurement, en regardant la poitrine bombée de la jeune rousse.

Vous baissez les yeux vers votre propre robe, au sage décolleté bateau. «De toute façon, il n'y a pas grand-chose à mettre en valeur…»

Le sport a sculpté votre silhouette, qui est élancée, mais pas vraiment pulpeuse… Votre amie Clara vous a souvent conseillé de porter des minijupes, mais vous avez toujours hésité à dépenser de l'argent pour si peu de tissu.

— Enchanté, Vanessa, répond poliment Tom.

Vous êtes ravie de constater qu'il ne semble pas fasciné par les atouts de la jeune rousse. À vrai dire, il ne semble même pas avoir remarqué la tenue de la jeune femme! Et quand il se penche pour tirer une revue de son sac, vous ne pouvez retenir un sourire satisfait.

«Eh oui, Vanessa! Avec certains hommes, les décolletés et le maquillage ne suffisent pas… »

Vous jetez un coup d'œil à votre nouveau sac, pour vous rappeler votre résolution: être plus spontanée. Eh bien, l'occasion de la mettre en pratique est toute trouvée: vous avez un voisin absolument charmant, il ne reste plus qu'à faire sa connaissance… et quelque chose vous dit que vous avez intérêt à le faire avant Vanessa!

Vous jetez un regard en coin à Tom, espérant découvrir dans son magazine de quoi relancer la conversation… mais il s'agit d'une revue médicale.

«OK, vous dites-vous. Donc, je suis assise à côté de Monsieur Parfait… C'est le moment ou jamais de faire un effort!»

Installez-vous confortablement en 4.

4

Peu à peu l'avion se remplit. Curieuse, vous jetez un œil aux passagers qui embarquent. Pas encore de bébé pour le moment, peut-être aurez-vous la chance de voyager dans le calme? Un jeune garçon d'une dizaine d'années est accompagné jusqu'à son siège par une hôtesse, quelques rangées derrière vous.

« Le pauvre, vous dites-vous, en le suivant des yeux. Ça ne doit pas être marrant de prendre l'avion tout seul, à son âge!»

La plupart des autres passagers sont des couples de tous âges, et la plupart des bribes de conversation que vous entendez portent sur l'avion. Pour vous, comme pour la plupart des voyageurs, ce vol en A380 sera une première. Vous avez l'impression que ça donne un air de fête au trajet.

«Un peu comme pour une traversée de l'Atlantique avec le Titanic! pensez-vous, avant d'ajouter aussitôt, soudain superstitieuse: Mais heureusement, il n'y a pas d'iceberg dans le ciel.»

Attendrie, vous apercevez un couple de personnes âgées s'installer à quelques rangées de vous. Ils doivent avoir dans les soixante-dix ans. L'homme aux cheveux blancs porte un nœud papillon, des bretelles et un pantalon en velours. Il aide sa femme – une petite dame toute frêle avec un chignon incroyable – à s'installer dans son fauteuil. Vous êtes émue par le regard complice qu'ils échangent. «Si je me marie un jour, c'est ça que je veux.» Une relation si forte qu'elle dure toute la vie. «Qu'est-ce qu'ils peuvent bien aller faire à Los Angeles?» vous interrogez-vous, en essayant d'imaginer leur vie. «Peut-être rendent-ils visite à leur fils ou leur fille?» Vous vous promettez d'essayer d'en savoir plus si l'occasion se présente pendant le vol. «Ils vont si bien ensemble… »

Vous ne pouvez pas vous empêcher de penser à Paolo, le mari de Clara. Il est si différent des hommes qui vous plaisent… et de Clara! C'est un Italo-cubain installé aux États-Unis depuis une dizaine d'années. Il est plus âgé que votre amie, mais ses dreads lui donnent l'air d'un éternel étudiant.

— Comment tu fais pour épouser un musicien? vous étiez-vous exclamé sans réfléchir pendant l'enterrement de vie de jeune fille de Clara. Moi, j'aurais peur qu'il me trompe à chaque concert!

Une chance que Clara et vous vous connaissiez si bien, et qu'elle ne soit pas susceptible…

— Tu sais, vous avait-elle répondu en riant, les employés de bureau ne sont pas forcément plus fidèles, hein… Je ne vais quand même pas choisir un mec banal pour qu'il ne risque pas de me tromper ou de me quitter!

Les paroles de Clara ont souvent tourné dans votre tête depuis. Vous sentez qu'elle a raison, au fond. Et vous vous demandez si vos choix si rationnels n'ont pas été basés sur cette peur de souffrir…

Vous êtes interrompue dans vos pensées par l'annonce de la fermeture des portes. Ça y est, les derniers passagers ont embarqué, et presque tous sont installés à leur place, ou en train de ranger leur bagage. Finalement, ça a été beaucoup plus rapide que vous ne le craigniez étant donné le nombre de passagers que peut emporter un A380…

Vous écoutez d'une oreille distraite les habituelles consignes de sécurité. Il est temps de vous plonger dans la lecture de vos magazines : vous essayez toujours de vous changer les idées au moment du décollage. Même si vous savez que c'est parfaitement irrationnel, la poussée des moteurs vous rend un peu nerveuse… Souvent, un peu de lecture suffit à détourner votre attention.

Vous sortez deux revues d'un sac en plastique. La première est un hebdomadaire féminin, que vous avez l'habitude d'acheter quand vous partez en vacances, pour vous tenir au courant des tendances. La seconde est un mensuel économique, que vous avez acheté parce que Louis Trachenberg figure en couverture. Cet homme d'affaires français installé dans la Silicon Valley est un symbole de réussite : il a lancé un site Internet de vente entre particuliers qui a connu un succès fulgurant. Les médias se l'arrachent parce qu'il est jeune, beau… et réputé pour ses innombrables conquêtes féminines. On l'appelle même couramment « le célibataire le plus convoité de la côte Ouest. »

Ce n'est pas que vous lui portiez un intérêt personnel, mais vous planchez en ce moment sur la communication d'une jeune start-up, qui a développé un nouveau réseau social, et ses deux jeunes créateurs n'ont qu'un nom à la bouche : Louis Trachenberg. À force d'en entendre parler, vous êtes curieuse. L'homme est-il vraiment un génie ou bien a-t-il simplement su se trouver au bon endroit, au bon moment ?

Vous vous plongez donc dans la lecture de l'article qui lui est consacré. Vous êtes surprise d'apprendre qu'il a eu une enfance difficile, ballotté de foyer d'accueil en famille d'adoption. Naturellement, vous aviez imaginé qu'il était issu d'une famille bourgeoise qui avait pu lui payer les bonnes écoles… Mais en réalité, le jeune Louis a pu mener sa scolarité grâce aux bourses qu'il a obtenues. Ensuite, il a dû s'exiler aux États-Unis pour enfin trouver des investisseurs prêts à le suivre dans ce qui apparaissait alors comme un projet très risqué… La suite a prouvé aux banquiers français qu'ils avaient eu tort. Après cette introduction sur la jeunesse de l'homme d'affaires, le magazine présente un bilan de toutes ses activités actuelles, et enfin, une interview.

Vous êtes interrompu dans votre lecture par une voix d'homme. Vous relevez la tête, surprise, et découvrez le jeune steward blond, penché vers vous.

— Désolé de vous déranger, madame, vous dit-il, en vous tendant une carte de visite, mais un de nos passagers m'a demandé de vous remettre ceci.

Vous vous emparez de la carte en fronçant les sourcils. Qui cela peut-il bien être ? Sans doute un client… Ce serait tout de même une coïncidence étonnante de retrouver une connaissance dans l'avion !

Le logo vous dit quelque chose, mais quoi? Vous écarquillez les yeux en découvrant le nom et la fonction imprimés en dessous :

«Louis Trachenberg

C.E.O»

Vous examinez un instant la carte, sans comprendre, puis jetez un œil à l'article que vous étiez en train de lire. Oui, c'est bien la même orthographe. La même entreprise, le même logo. La même personne!

«Il est dans le même avion que moi?! » comprenez-vous, stupéfaite.

D'un geste machinal, vous retournez la carte. Quelques mots manuscrits y sont griffonnés à l'encre noire. Vous plissez les yeux pour les déchiffrer :

«Joignez-vous à moi pour le dîner,

L. »

Un coup d'œil vous confirme que le steward attend une réponse de votre part. «Est-ce qu'il sait ce qu'il est écrit sur la carte?» vous demandez-vous. Et presque aussitôt, une nouvelle pensée se forme dans votre esprit : le jeune steward a dû faire une erreur. Il n'y a pas d'autre explication possible, cette invitation est forcément destinée à quelqu'un d'autre!

Presque soulagée, vous lui faites signe d'approcher, et lui soufflez discrètement :

— Vous êtes sûr que ce n'est pas à elle que ce message était destiné?

Du menton, vous désignez Vanessa, votre charmante voisine rousse, qui est plongée dans la lecture d'un magazine people.

— Non, madame, vous répond le jeune homme en secouant la tête. M. Trachenberg vous a décrit très précisément.

Vous n'en revenez pas. «Comment est-ce possible?» Vous êtes absolument certaine de ne jamais l'avoir rencontré. Peut-être avez-vous des contacts communs? Mais là encore, comment aurait-il été informé de votre présence dans l'avion? Et surtout, pourquoi voudrait-il vous rencontrer?

Vous êtes abasourdie… et incapable de prendre une décision. D'un côté, vous avez très envie d'en savoir plus, de comprendre la raison de cette mystérieuse invitation… Ce serait dommage de passer à côté d'une occasion sans doute unique de le rencontrer.

D'un autre côté, vous êtes pétrifiée à l'idée de discuter avec le célèbre homme d'affaires. Non seulement vous craignez de ne pas trouver de quoi alimenter la conversation, mais en plus, sa réputation sulfureuse le précède. L'homme est un séducteur invétéré… S'il vous invite à le rejoindre, ce n'est certainement pas en tout bien tout honneur…

Vous qui rêviez d'inattendu, vous voilà servie!

Qu'allez-vous décider?

Accepter l'invitation de Louis Trachenberg en 46?

Ou bien refuser poliment, et rester à votre place, en espérant faire plus ample connaissance avec Tom, votre charmant voisin, en 5?

5

La seule idée de vous retrouver face à l'homme qui est en couverture du magazine que vous venez d'acheter vous terrifie. Cette invitation vous met extrêmement mal à l'aise, et vous êtes sûre que les choses ne s'arrangeraient pas une fois devant lui.

Rien que d'imaginer vous lever et suivre le steward, votre cœur bat la chamade, et vos jambes se dérobent. Non, c'est au-dessus de vos forces. Votre décision est prise : il faut refuser. Mais comment faire ? Répondre directement au steward ou bien lui écrire quelques mots ?

Vous devez avoir l'air complètement perdue, car le steward se penche de nouveau vers vous, et vous propose :

— Voulez-vous que je dise à M. Trachenberg que vous ne pouvez malheureusement pas accepter son invitation ?

Vous hochez la tête, avec un sourire reconnaissant.

— Très bien, madame, reprend le jeune homme en se redressant avant de s'éloigner rapidement vers l'avant de l'appareil.

Vous restez figée. Tout s'est déroulé si rapidement que vous avez du mal à croire que vous n'avez pas rêvé. Seule la carte de visite encore dans votre main vous apporte la preuve que cette proposition était bien réelle. Vous la rangez soigneusement dans votre sac à main. «Sans elle, Clara ne voudra jamais me croire.»

Mais au moment même où vous pensez à Clara, vous savez qu'elle sera furieuse que vous n'ayez pas accepté l'invitation. Ou en tout cas qu'elle ne vous comprendra pas… Pourtant, vous avez la conviction que c'est la bonne décision. Quelque chose vous poussait à rester ici.

«Peut-être mon charmant voisin?» vous dites-vous en jetant un coup d'œil à Tom, toujours plongé dans la lecture de son article. Il ne semble pas avoir remarqué votre discussion avec le steward. Vous vous attardez un instant sur son visage, ses sourcils froncés, ses yeux plissés, son air concentré… Même s'il n'a sans doute pas les milliards de Louis Trachenberg, vous le trouvez tout de même plus attirant.

Et puis le hasard vous a placé l'un à côté de l'autre, parmi les cinq cents passagers de l'avion. «C'est un signe, non?»

En baissant les yeux, vous apercevez vos ongles orange laqués, et ils vous rappellent qu'aujourd'hui n'est pas un jour comme les autres… Non, c'est le premier jour de votre nouvelle vie! Et avec un peu de chance, elle pourrait bien commencer par une belle rencontre…

Rendez-vous en 6 pour le décollage.

6

Le chef de cabine annonce que le décollage est maintenant imminent. Vous regardez votre montre : le vol est parfaitement à l'heure.

L'équipage fait une dernière inspection dans les allées, vérifiant que les compartiments à bagages sont bien fermés, les sièges redressés, les tablettes remontées et que tous les voyageurs ont bien bouclé leur ceinture.

Vous vous attendez à ce que l'habituel bruit de moteur fasse trembler l'habitacle, mais le niveau sonore reste très faible. Le reportage que vous aviez vu à la télé sur le gigantesque avion vantait les mérites de l'appareil, réputé pour être le plus silencieux au monde ; il semblerait que ce ne soit pas exagéré… Ce sera parfait pour faire la conversation. Enfin… si votre voisin se décide à lever le nez de sa revue.

Au moment où l'avion se met à rouler, l'écran incrusté au dos du siège devant vous s'allume. Surprise, vous voyez apparaître une image de la piste qui file sous l'appareil. La légende en bas de l'image indique : « Vue caméra dessous ».

« On vit le décollage en direct grâce à une caméra fixée sous l'avion! comprenez-vous, fascinée. Quelle idée géniale!»

— Vous avez vu ça?! C'est atroce, ça me donne le vertige, ce truc! s'exclame votre voisine rousse, d'une voix haut perchée, tout en se penchant vers Tom et en posant la main sur son bras.

Vous la fusillez du regard. La tactique de la demoiselle en détresse… Vieille comme le monde, mais elle pourrait bien être efficace!

— Ne vous inquiétez pas, répond Tom, quittant des yeux les pages de sa revue. On ne ressent le vertige que lorsqu'on est en contact avec le sol. Donc, dès que l'avion décolle, il n'y a plus rien à craindre de ce côté-là.

Il a parlé d'une voix lente et calme, comme quelqu'un habitué à rassurer. Vous ne pouvez vous empêcher de sourire quand il poursuit, en tendant le bras vers l'écran de Vanessa.

— Et puis si l'image vous gêne, vous pouvez toujours éteindre votre écran, juste ici. Vous voyez le bouton «off»?

— Oh, oui! Merci beaucoup, Tom! Heureusement que vous êtes là…

Vous levez les yeux au ciel tandis que l'avion continue à rouler sur la piste, qui vous semble interminable. Vous avez l'impression que le mastodonte ne quittera jamais le sol. Pourtant, après une forte poussée des réacteurs, vous sentez enfin que l'avion s'élève dans les airs. Les yeux rivés sur l'écran, vous voyez la piste s'éloigner. Bientôt, les routes semblent être de fins rubans gris séparent les grandes étendues colorées des champs alentour.

«Le plus désagréable est passé!» vous dites-vous, en prenant une grande inspiration. Un bref coup d'œil au couple âgé devant vous vous confirme ce que vous imaginiez: ils ont tous deux les yeux fixés sur l'écran. «Peut-être est-ce la première fois qu'ils prennent l'avion?» imaginez-vous aussitôt.

Votre regard revient ensuite sur le magazine, resté ouvert sur vos genoux. La photographie de Louis Trachenberg semble vous fixer droit dans les yeux. Vous n'avez plus aucune envie de terminer la lecture de son interview à présent. En fait, vous n'avez plus aucune envie de penser à lui. Vous fermez le magazine et le rangez dans la pochette cousue à l'arrière du siège juste devant vous. Curieuse, vous jetez un coup d'œil sur son contenu: un sac en papier pour les voyageurs malades, une plaquette qui récapitule les consignes de sécurité, un catalogue de produits à acheter en *duty-free* pendant le vol…

Il y a aussi un magazine de présentation de l'A380, et vous décidez que le parcourir serait un bon moyen de vous changer les idées pendant que l'avion poursuit sa montée. Vous passez rapidement les premières pages, qui regorgent de détails techniques sur l'avion, les matériaux qui le composent… Ce qui vous intéresse, ce sont les équipements à disposition pendant le vol!

À force de feuilleter, vous finissez par tomber sur une information intéressante: l'avion dans lequel vous voyagez comporte pas moins de cinq «espaces bars»! Le service proposé varie en fonction de la classe dans laquelle on voyage, bien sûr. Le bar des premières est un cocon luxueux, tandis que le bar de la classe affaires est un espace conséquent, équipé de banquettes pour permettre d'y mener des discussions de travail tout en buvant une coupe de champagne… Quant aux bars destinés aux voyageurs de la classe éco, il y en a deux types : un relativement grand avec des places assises, situé sur le pont inférieur près de la queue de l'avion, et deux plus petits, qui se réduisent en fait à un simple comptoir.

Vous levez la tête pour repérer le plus proche de vous, et apercevez un pictogramme lumineux au-dessus du rideau de séparation, placé environ cinq rangées devant vous. Vous décidez d'aller y faire un tour dès que la montée de l'avion sera terminée et que vous pourrez circuler librement. D'abord parce que vous trouvez amusante l'idée de savourer un cocktail à dix milles mètres au-dessus du sol, mais aussi parce que vous vous dites qu'un petit verre vous aiderait sans doute à trouver le courage d'engager la conversation avec le beau Tom.

Et comme pour le moment, il est en train d'expliquer le fonctionnement de son écran à Vanessa, qui a manifestement décidé de tout miser sur son physique… Autant en profiter pour vous dégourdir les jambes !

Patientez jusqu'en 7.

7

Vous aviez presque parcouru tout votre magazine quand, enfin, le signal lumineux enjoignant aux passagers de rester assis s'éteint.

Comme vous vous l'êtes promis, vous décidez de commencer par un tour à l'espace bar le plus proche. Vous vous levez, non sans jeter un regard glacial à Vanessa, qui est très occupée… à se remettre du rouge à lèvres. Vous n'avez que quelques mètres à parcourir au milieu de la large allée pour rejoindre le rideau de séparation. Derrière, vous repérez les toilettes et une série de placards de rangements soigneusement fermés – sans doute à l'usage du personnel navigant. Un peu plus loin, vous découvrez l'espace bar.

Il s'agit en fait d'un muret beige surmonté d'un comptoir imitation bois. Le tout ne doit pas faire plus d'un mètre cinquante de large. Derrière, le long de la paroi, trônent des bouteilles soigneusement rangées dans leurs compartiments individuels pour éviter tout risque de chute. Sur le comptoir en lui-même sont disposées quelques coupelles contenant chips, olives et cacahouètes, ainsi que des petites serviettes bleues.

Une hôtesse se tient derrière le comptoir pour faire le service. C'est une jeune femme asiatique à la beauté éblouissante : ses longs cheveux noirs sont remontés en chignon, elle a des yeux en amande et une taille fine que vous enviez immédiatement, malgré l'uniforme un peu ringard de la compagnie aérienne.

« Une vraie beauté, songez-vous, en l'admirant de loin. Voilà le genre de femme sur laquelle les hommes se retournent dans la rue ! Et autrement plus chic que ma chère voisine… »

Vous êtes un peu déçue de constater que vous n'êtes pas la première arrivée. Deux hommes sont accoudés au comptoir, et l'hôtesse leur a déjà servi un whisky. Il n'y a plus vraiment d'espace libre devant le petit bar, vous décidez donc de faire un tour aux toilettes en attendant que les deux passagers regagnent leur place.

Une fois ressortie des toilettes, vous constatez que les deux hommes n'ont pas l'intention de partir. En approchant un peu, vous comprenez qu'ils trouvent l'hôtesse à leur goût, et se sont mis en tête de lui faire la conversation. Les bribes qui vous parviennent ne sont pourtant pas très engageantes… D'après ce que vous comprenez, le premier, un homme aux cheveux mi-longs qui brillent de gras est visiblement photographe amateur. Et il s'efforce de convaincre l'hôtesse d'accepter de poser pour lui.

Comme elle l'éconduit poliment, le second, qui ne doit pas mesurer plus de 1 m 60, et peine à trouver une posture naturelle face au bar trop haut pour lui, tente sa chance. Sa stratégie – sans doute affinée avec les années, car il n'est pas tout jeune – semble être de mettre en avant sa fortune. «Je me demande s'il voyage vraiment en première ou bien s'il tente un coup de bluff?» vous dites-vous en observant son petit manège. Visiblement, vous n'êtes pas aussi discrète que vous le pensiez, car l'hôtesse vous jette un coup d'œil.

Vous lui faites un sourire compatissant, mais vous sentez un peu idiote, plantée à un mètre du comptoir. Peut-être feriez-vous mieux de revenir d'ici un petit quart d'heure?

— Laissez tomber, conseille le premier homme au second, en voyant que ce dernier n'a pas plus de succès que lui auprès de la belle hôtesse. Elle doit être maquée avec un pilote… Vous savez ce que c'est: c'est comme les infirmières avec les médecins, c'est pour ça qu'elles choisissent ces métiers-là!

Vous bouillonnez intérieurement. Mais quels imbéciles! Si elle était là, Clara aurait déjà remis ces deux malotrus à leur place… Là, toute seule, vous ne savez pas si vous allez avoir le courage de dire quelque chose. Votre réflexe naturel serait plutôt d'éviter toute confrontation… mais peut-être est-ce justement le moment de changer vos habitudes?

Alors, voulez-vous prendre votre courage à deux mains et tenter de venir en aide à l'hôtesse en 8?

Ou bien préférez-vous tourner les talons et retourner à votre place en 35?

8

«Non, décidez-vous, en faisant un pas en avant. Hors de question de laisser ces deux idiots continuer à débiter des horreurs pareilles!» L'hôtesse n'a sans doute pas le droit de les remettre à leur place, mais vous, rien de vous empêche d'intervenir. Et vous avez une petite idée sur la meilleure façon de le faire!

Vous vous avancez vers le bar d'un pas confiant, envoyez un sourire resplendissant aux deux balourds, avant de vous pencher vers l'hôtesse.

— À quelle heure tu prends ta pause, ma chérie? demandez-vous, en posant votre main sur la sienne.

Vous discernez une lueur de surprise dans le regard de l'hôtesse, vite remplacée par de l'amusement.

— Je suis encore au bar pour deux heures avant mon premier temps de repos, improvise-t-elle, en plongeant son regard sombre dans le vôtre.

— Je vais te tenir un peu compagnie, alors, chuchotez-vous, avant de vous tourner vers les deux hommes qui vous observent, bouche bée: désolée de vous avoir interrompu, messieurs!

L'hôtesse baisse la tête pour dissimuler un petit sourire, alors que les deux hommes se lèvent, perplexes.

— On avait terminé, marmonne le photographe amateur, avant de vider son verre.

— Merci pour votre aide! vous dit l'hôtesse, en riant, une fois que les deux hommes se sont éloignés. Ce n'était pas la peine... mais j'apprécie le geste! Je m'appelle Jade.

Vous vous présentez à votre tour en rougissant violemment.

« Qu'est-ce qui m'a pris? songez-vous aussitôt. Elle doit me trouver vraiment bizarre... »

— C'est la première idée qui m'est venue, bredouillez-vous. Je suis désolée...

La jeune femme ne semble pas le moins du monde gênée par ce qui vient de se passer, bien au contraire : vous avez même l'impression que ce petit intermède l'a mise d'excellente humeur.

Vous lui commandez un verre de Martini, en essayant désespérément de trouver un sujet de conversation.

— Vous devez être habituée à ce genre de comportement, tentez-vous après une première gorgée d'alcool. J'imagine que le fantasme de l'hôtesse de l'air est très répandu.

— C'est vrai, répond-elle, en s'accoudant sur le bar, à quelques centimètres de vous. Mais pas forcément chez les personnes qui m'intéresseraient...

Jade vous fixe alors, le menton posé sur sa main. Vous ne savez pas si c'est votre imagination qui vous joue des tours ou si elle essaie de vous faire comprendre quelque chose…

Vous prenez une grande inspiration et reculez sur votre tabouret, essayant de chasser les pensées qui envahissent peu à peu dans votre esprit.

L'hôtesse semble remarquer votre gêne, et elle se redresse pour reprendre d'une voix plus sérieuse.

— Vous savez, ces deux-là n'avaient pas l'air bien méchants… lourds, c'est sûr. Mais ils n'étaient pas menaçants. Et puis, vous savez, on travaille en équipe. Quand les choses deviennent difficiles à gérer, on peut toujours appeler du renfort !

— C'est rassurant, répondez-vous. Et sûrement plus efficace que ma petite invention…

L'hôtesse rit.

— Non, vraiment, c'était excellent ! D'ailleurs, j'ai quelque chose à vous proposer pour vous remercier. Que diriez-vous d'une petite visite privée de l'avion ? Si c'est la première fois que vous montez dans un A380, vous ne pouvez pas refuser !

Allez-vous vous laisser tenter par la visite guidée que vous propose la charmante Jade en 9 ?

Ou bien préférez-vous décliner et rejoindre votre place en 36 ?

9

Vous hochez la tête à la proposition de Jade, soulagée de revenir à un sujet de conversation tout ce qu'il y a de plus banal.

— Alors, c'est décidé! J'appelle mon collègue pour qu'il me remplace et je vous enlève! s'exclame l'hôtesse.

«Après tout, qu'est-ce que je risque?» vous dites-vous en observant Jade qui s'éloigne pour aller chercher son remplaçant. De dos, sa silhouette est encore plus séduisante: la jeune femme est juchée sur de petits talons, sa taille fine est marquée par une ceinture et ses fesses mises en valeur par sa jupe noire très près du corps.

Vous détournez le regard, comme prise en faute. Heureusement, vous êtes toujours seule au bar. «Je ne vaux pas mieux que les deux lourdauds de tout à l'heure!» songez-vous, en vous promettant de prêter dorénavant plus attention à la personnalité de Jade qu'à son physique de rêve…

Mais vos bonnes résolutions sont rapidement mises à mal. À peine Jade de retour, elle ôte la veste de son uniforme, ainsi que le petit foulard qu'elle portait autour du cou. Elle déboutonne les premiers boutons de son chemisier, en vous expliquant :

— Il vaut mieux que je ne sois pas en uniforme, sinon on va être dérangées toutes les trois minutes !

Vous entrapercevez la dentelle noire de son soutien-gorge et détournez brusquement la tête.

— On pourra passer par la première classe ? l'interrogez-vous, en espérant qu'elle n'ait pas remarqué votre regard. J'ai toujours voulu voir à quoi ça ressemblait…

— Bien sûr ! vous répond Jade en souriant. Suis-moi, c'est tout droit. Avec un peu de chance, on pourra même jeter un coup d'œil dans le cockpit !

«Ah, on se tutoie maintenant ?» songez-vous en lui emboîtant le pas. «En tout cas, si j'arrive à visiter le cockpit, Clara sera bien obligée d'admettre que je fais des progrès !»

Jade vous fait passer derrière un rideau, puis un second, et soudain, vous changez d'univers.

Comme vous l'imaginiez, la première classe est très luxueuse. Ce qui est frappant au premier abord, c'est l'espace dont disposent les passagers. Chaque siège est séparé par une cloison et une porte coulissante, si bien que les voyageurs peuvent choisir de s'isoler complètement pendant le vol. Les sièges sont immenses, et vous apercevez en passant les nombreuses petites attentions prévues pour ces passagers de luxe : un minibar personnel à l'intérieur de chacun de ces petits cocons, un set de produits de beauté d'une grande marque, une couverture dont vous jureriez qu'elle est en cachemire…

Jade s'arrête devant un « compartiment » inoccupé.

— Tu veux essayer? vous propose-t-elle, avec un sourire malicieux. Installe-toi!

Impressionnée, vous pénétrez dans le compartiment et vous installez sur l'immense siège. Il est extrêmement confortable et enveloppant. Votre main se pose sur une petite télécommande, et vous appuyez sur un des boutons au hasard. Aussitôt, un mécanisme se met en marche, et vous ressentez une douce pression dans le dos.

— C'est un fauteuil massant, vous explique Jade, en voyant votre air surpris. Mais si tu veux mon avis, rien ne vaut un vrai massage thaïlandais!

Vous connaissez le principe de ce fauteuil : votre coiffeur a le même. Vous fermez les yeux un instant pour profiter du massage… Mais une nouvelle fois, votre esprit vagabonde dans une direction que vous n'aviez pas prévue! Vous vous surprenez à imaginer que ce sont les mains de la jolie hôtesse qui parcourent la peau nue et frissonnante de votre dos. Vous soupirez profondément en vous redressant.

— Il ne faut pas que je reste ici trop longtemps, sinon je vais avoir du mal à retourner en éco! annoncez-vous en vous relevant.

Alors que vous emboîtez le pas à Jade dans l'allée, une voix s'élève dans votre dos.

— Mademoiselle, s'il vous plaît?

L'hôtesse se retourne, un sourire professionnel sur le visage.

Une femme d'une quarantaine d'années vous a rejoint dans l'allée, et elle tend un appareil photo à Jade.

— Est-ce que ça vous ennuierait beaucoup de nous prendre en photo? C'est l'anniversaire de mon mari; on voudrait garder un souvenir de ce voyage!

— Bien sûr! répond Jade en s'emparant de l'appareil, avant d'emboîter le pas de la femme jusqu'au compartiment où l'attend son mari.

Ne sachant pas quoi faire d'autre, vous la suivez.

— Rapprochez-vous… Voilà, c'est parfait! annonce Jade, en prenant plusieurs clichés.

La femme se précipite pour récupérer l'appareil et examiner les photos sur l'écran de contrôle.

— Oh, merci beaucoup, mademoiselle, elles sont formidables!

Le mari, un homme aux tempes dégarnies, se lève à son tour, et se tourne vers vous.

— Vous prendrez bien un peu de gâteau d'anniversaire avec nous?

Votre regard se pose sur une petite assiette à dessert blanche où se dresse une énorme part de fondant au chocolat. Malgré la tentation, vous vous apprêtez à refuser poliment mais Jade vous prend de vitesse.

— Avec grand plaisir! répond-elle.

Vous souriez: cette scène est familière… C'est toujours comme ça que les choses se déroulaient quand vous sortiez avec Clara! Elle était ouverte à toutes les rencontres, tandis que vous restiez en retrait, un peu craintive. «Chassez le naturel, il revient au galop!» Malgré votre résolution du jour, votre premier mouvement a été de vous éclipser… Dans ces cas-là, vous ne pouvez pas vous empêcher de vous demander pourquoi on vous invite, soupçonnant toujours une motivation cachée. Pourtant, on ne peut pas dire que ce couple de quadragénaires soit effrayant!

Vous acceptez la part de gâteau au chocolat que vous tend l'homme. Il vous fait signe de vous asseoir et vous posez prudemment une fesse au bord du fauteuil de la femme – qui est bien assez large pour accueillir confortablement deux personnes, tandis que Jade s'installe à côté de lui. Les deux fauteuils se font face, et vous avez plus l'impression d'être dans un petit salon que dans un avion.

— Je m'appelle Mike, explique-t-il, et voici Annie, ma femme. Je suis d'origine américaine, mais je ne suis pas retourné en Californie depuis plus de vingt ans.

— Alors pour ses cinquante ans, j'ai décidé de lui offrir le voyage, ajoute Annie.

— Et en première classe, s'il vous plaît! lance Jade, en riant.

Mike se penche vers sa femme pour l'embrasser, et elle rougit comme une jeune mariée. Malgré le gâteau délicieux et la gentillesse de vos hôtes, vous vous sentez un peu mal à l'aise. Vous êtes soulagée quand Jade annonce que vous allez reprendre votre visite.

— Merci encore pour le gâteau, dit Jade en se relevant. Et joyeux anniversaire, Mike!

D'un signe de main, vous dites au revoir au couple, puis vous empressez de suivre Jade dans l'allée.

— Adorables, non? vous chuchote la jeune femme, alors que vous vous éloignez. Tu vois, le métier a aussi de bons côtés!

Vous acquiescez, pensive. Les rencontres que vous faites au travail sont toujours si codifiées: vous allez chez le client pour prendre un brief, ou bien présenter le travail de l'équipe… Et malgré tous les clichés qui circulent sur le monde de la communication, l'ambiance est rarement assez détendue pour partager une part de gâteau. Vous ne vous souvenez pas que vos collègues vous aient jamais souhaité votre anniversaire, d'ailleurs.

— Pourquoi as-tu voulu devenir hôtesse de l'air? demandez-vous à Jade.

La jeune femme se retourne.

— Parce que c'est amusant! s'exclame-t-elle, avec un enthousiasme juvénile. Je ne m'imaginais pas dans un bureau dix heures par jour, à faire toujours la même chose jusqu'à la retraite… Moi j'ai besoin que ça bouge. Et dans ce boulot, on peut dire que je suis servie!

Vous vous apprêtez à répondre, mais ce que vous découvrez en franchissant un nouveau rideau de séparation vous laisse bouche bée.

Vous venez de déboucher dans un étroit couloir. On se croirait dans un wagon de l'Orient-Express plutôt que dans un avion de ligne.

— Ici, ce sont les cabines privées, explique Jade, en passant devant une série de portes fermées. Je ne peux pas te les montrer parce qu'elles sont toutes occupées, mais c'est là que sont les fameux lits doubles… à dix mille euros l'aller-retour!

Vous aviez lu un article dans le journal sur ces cabines ultra-luxueuses, mais vous pensiez qu'il s'agissait d'un mythe, ou d'une fantaisie réservée aux émirs milliardaires. Vous êtes stupéfaite que certains passagers puissent payer une telle somme pour douze heures de vol. Sans doute des riches hommes d'affaires de la Silicon Valley… Ou des stars hollywoodiennes… Qui sait quelle célébrité se cache derrière ces cloisons?

Au bout du couloir, vous parvenez au grand escalier qui mène au pont supérieur.

Empruntez-le en 10.

10

— Attends-moi là une minute, vous demande Jade, une fois que vous avez gravi les marches. J'en ai pour une minute.

Quelques instants plus tard, elle revient vers vous, tout sourire.

— Bonne nouvelle! annonce-t-elle, le copilote est d'accord pour que tu visites le cockpit!

Vous n'en revenez pas.

— Comment as-tu fait pour qu'il accepte? Je croyais qu'avec les menaces d'attentat terroriste c'était devenu impossible!

— Il se peut que j'aie mentionné que la passagère en question était… disons, délicieuse! répond Jade, avec un sourire en coin.

Cette fois-ci, difficile de l'ignorer: Jade vous trouve à son goût. Votre petit jeu de tout à l'heure n'était peut-être pas tant à côté de la plaque que ça…

Heureusement, vous n'avez pas le temps de vous poser des questions: vous voilà déjà à l'intérieur du cockpit. Votre première impression, c'est que vous pénétrez dans un lieu à part. Là où les passagers circulent, tout est fait pour leur donner une impression de familiarité et de détente. Mais en entrant ici, plus de doute possible. Vous êtes dans une machine, et ceci est son cerveau! L'espace est restreint et entièrement dédié à la technique… En revanche, quand on lève les yeux… la vue est à couper le souffle! Le gigantesque pare-brise vous offre une vue dégagée sur le ciel uniformément bleu. Vous avez la même sensation qu'en pleine mer: cette immensité bleue vous réjouit et vous apaise.

Juste en dessous des grandes vitres s'étend un gigantesque tableau de bord, qui occupe toute la largeur du cockpit et se poursuit entre les deux fauteuils avant, mais aussi en hauteur, jusqu'au-dessus de la tête des pilotes! Il y a en vraiment partout, impossible d'avoir une vision globale de toutes les commandes. Elles vous semblent innombrables: boutons, leviers, voyants lumineux… Au premier coup d'œil, vous distinguez de nombreux écrans, dont certains semblent afficher des fonds de cartes en couleur: ça ressemble aux radars que vous avez pu voir dans les films…

Plus étonnant: devant les deux sièges, vous découvrez une sorte de clavier d'ordinateur, à peu près de la même taille et à la même hauteur que la tablette qui se déplie pour les passagers. Vous avez tout à coup l'impression que le commandant de bord est sans doute plus proche d'un spécialiste en informatique que d'un as du volant.

Vos réflexions sont interrompues par une chaleureuse voix d'homme.

— Bienvenue au poste de commande, mademoi-selle! vous lance celui qui doit être le copilote. Je m'appelle Enrique.

Vous découvrez un homme aux cheveux noirs et à la peau mate, avec d'extraordinaires yeux verts. Le regard qu'il pose sur vous est charmeur; il vous détaille de la tête aux pieds.

— Merci de m'autoriser à pénétrer dans votre univers, murmurez-vous, impressionnée, avant de vous présenter à votre tour.

Jade vous fait signe de vous asseoir, et vous jetez alors un œil au reste du cockpit. Derrière les deux fauteuils avant, vous découvrez trois autres places, le long de la cloison arrière du cockpit. Sur votre droite, deux fauteuils sont séparés par un plateau, sur lequel est posé ce qui ressemble à un ordinateur portable, et sur votre gauche, de l'autre côté de la porte d'entrée, se trouve également un fauteuil pliant. Jade vous indique de vous asseoir sur celui du milieu qui a l'avantage d'offrir une vue imprenable, aussi bien sur le tableau de bord que sur le ciel.

— C'est sa première fois en A380, annonce Jade. Enrique, je compte sur vous pour la faire rêver!

L'hôtesse se tourne ensuite vers vous.

— Tu vas voir, Enrique est un beau parleur… mais c'est aussi un passionné. Si tu as des questions, n'hésites pas. Je reviens te chercher d'ici un quart d'heure, d'accord?

Vous hochez la tête, un peu décontenancée: vous ne pensiez pas que Jade allait vous laisser seule avec le copilote. Alors que la porte se referme, vous vous installez sur le siège, et vous faites la plus discrète possible.

Vous restez seule avec le copilote en 11

11

Enrique n'engage pas la conversation et vous trouvez rapidement le silence bien lourd. Vous vous décidez à poser la première question qui vous passe par la tête.

— Et où est le commandant de bord? interrogez-vous, votre ton révélant la surprise de ne trouver qu'un seul homme aux commandes de l'avion.

— Il est de repos sur la première partie du vol, vous explique Enrique. Sur les long-courriers, on se relaie… Et puis vous savez ce qu'on dit, quand on est en vol, c'est Georges qui fait tout!

— Georges? répétez-vous, sans comprendre.

— Le pilote automatique! s'écrie Enrique, avec un clin d'œil.

Vous éclatez de rire. Cette blague innocente, accompagnée par le sourire chaleureux d'Enrique a enfin réussi à vous détendre.

« Je vis une expérience de dingue! vous sermonnez-vous. Il faut que j'arrête de flipper, et que j'en profite un peu!»

— J'imagine que vous savez déjà que l'A380 est le plus gros avion de transport de passager? vous demande Enrique. Mais connaissez-vous son rayon d'action?

— Je vais vous sembler bête, murmurez-vous. Qu'est-ce que c'est, un «rayon d'action?»

Enrique se gratte la tête, l'air gêné.

— Pardon, c'est de ma faute. Vous savez, quand on évolue dans ce milieu au quotidien, on finit par avoir l'impression que tout le monde parle notre langue! Ce que je voulais dire, c'est: vous savez quelle distance l'A380 peut parcourir sans avoir à faire escale?

— Aucune idée! répondez-vous, en dissimulant un sourire.

C'est amusant de voir ce brun ténébreux se transformer en petit garçon admiratif quand il parle de sa passion.

— Plus de 15 000 kilomètres! On peut faire New York-Hong Kong sans escale avec ce bébé!

Enrique se lance ensuite dans l'histoire complète de la création de l'appareil. Malgré toute votre bonne volonté, au bout de deux minutes, vous êtes dépassée par toutes les informations techniques dont le copilote vous inonde, et votre esprit se met à vagabonder. Il faut dire que le spectacle offert par ce ciel bleu à perte de vue est envoûtant.

—... vous ne trouvez pas?

Vous n'avez aucune idée de la question que vient de vous poser Enrique, et la panique doit se lire sur votre visage car quand il tourne la tête vers vous, surpris par votre silence, le copilote éclate de rire.

— J'ai recommencé, c'est ça? Je suis désolé! Je me laisse toujours entraîner. Mais là, avec une jeune femme sublime assise derrière moi… Je suis impardonnable!

Vous rougissez violemment, ce qui a pour effet d'élargir encore le sourire d'Enrique.

— Ne faites pas comme si vous ne le saviez pas! reprend-il. Vous devez être entourée d'admirateurs transis…

La remarque d'Enrique est si loin de votre quotidien que vous ne pouvez vous empêcher d'écarquiller les yeux.

— Non, vraiment pas! vous exclamez-vous.

Puis vous vous mordez la lèvre. «C'est malin, ça. Pourquoi ne pas lui laisser croire ce qu'il veut?»

— Je veux dire, bredouillez-vous, sans regarder le copilote, je suis très prise par mon travail…

— Alors j'ai encore plus de chance que je ne le pensais, répond Enrique, d'une voix chaude. Je vous ai tout à moi pendant encore dix minutes au moins!

Vous n'osez pas lever les yeux de vos ballerines, tandis que votre cerveau cherche frénétiquement un moyen de détourner la conversation.

— Vous pourriez m'expliquer comment fonctionne le tableau de bord? demandez-vous finalement, en misant sur le fait que le copilote ne saura pas résister à l'appel de sa passion.

Enrique sourit, visiblement pas dupe de votre petit stratagème. Mais vous n'êtes pas au bout de vos surprises.

— Bien sûr… mais à une condition!

— Laquelle?

— Venez vous asseoir à côté de moi! lance Enrique, en tapotant sur le siège à sa gauche. C'est la meilleure place : celle du pilote.

Vous hésitez, incrédule.

— Mais… on a le droit?

— Ah ça, non! répond Enrique, en riant. Mais pour tout vous avouer, je n'ai pas non plus le droit d'être seul dans le cockpit avec une belle jeune femme… Mais si on y réfléchit, c'est bien plus prudent!

— Comment ça?

— Vous vous rendez compte que depuis tout à l'heure, je passe mon temps retourné pour vous regarder?

De nouveau, vous virez rouge écarlate. Il est tellement sexy… Jamais vous n'auriez imaginé qu'un homme comme lui puisse trouver quoi que ce soit d'intéressant chez vous! Dans son métier, Ce ne sont pas les belles femmes qui manquent pourtant.

Cette fois-ci, vous n'avez pas l'intention de répéter votre bourde de tout à l'heure, en lui faisant remarquer qu'il se trompe sur votre compte. Vous vous levez donc, et faites les quelques pas qui vous séparent des places avant. Puis, vous vous faufilez prudemment, en faisant très attention de ne rien toucher.

Installez-vous à la place du pilote en 12

12

— J'ai l'impression d'être Boucle d'Or, annoncez-vous. Je suis sûre que le pilote va arriver d'une seconde à l'autre et demander qui a osé s'asseoir dans son fauteuil!

Comme souvent, quand vous êtes mal à l'aise, vous utilisez l'humour pour vous rassurer. Mais votre petite blague n'a pas l'effet escompté.

— Aucun risque, murmure Enrique, le regard chargé de sous-entendus. Il ne sera pas de retour avant trois heures. On a tout notre temps…

Vous riez nerveusement, en passant la main dans vos cheveux détachés. Même si vous êtes convaincue que le copilote est un habitué, et qu'il ne fait que vous réserver le même traitement qu'à toutes les passagères qui visitent le cockpit, vous ne pouvez vous empêcher d'être flattée… ça fait si longtemps qu'un homme ne vous a pas montré si ouvertement que vous lui plaisiez. Et puis Enrique n'est pas n'importe quel homme: il est bien plus beau que ceux que vous avez l'habitude de fréquenter…

Vous jetez un œil perplexe au tableau de bord qui s'étend devant vous. De près, il est encore plus impressionnant. Voyant votre regard perdu, Enrique vous propose de vous expliquer certains éléments.

— Vous savez vraiment à quoi correspondent chacun de ces instruments? demandez-vous, incrédule.

— Ce n'est pas vraiment plus compliqué qu'une voiture, vous savez... Enfin, peut-être qu'il y en a un ou deux pour lesquels qu'il faudrait que je révise dans le manuel!

Inquiète, vous tournez la tête vers lui, mais son grand sourire vous rassure: il plaisante. «Bien sûr, vous dites-vous. Quelle naïve je fais... »

— Regardez à votre gauche, vous voyez cette espèce de joystick? C'est ce qu'on appelle le mini-manche. On s'en sert pour diriger l'avion – comme dans un jeu vidéo! Et le bouton rouge que vous voyez dessus, c'est pour désactiver le pilote automatique! Vous voulez qu'on essaie?

Vous secouez frénétiquement la tête.

— Surtout pas!

Enrique éclate de rire.

— Ne vous inquiétez pas, je n'avais pas vraiment l'intention de vous laisser les commandes! Vous voyez cette grosse manette entre nous deux?

— L'espèce de frein à main? demandez-vous, en fronçant les sourcils.

— C'est ça! Eh bien, c'est la manette des gaz. En général, c'est ce qu'on voit le pilote actionner dans les films au moment du décollage.

— Oui, c'est la seule chose que j'avais identifiée! vous exclamez-vous, ravie.

— Vous voulez que je vous montre une nouveauté de l'A380? Regardez l'espèce de bosse à votre droite, en bas du clavier.

— Ça?

— Oui, vous pouvez poser la main dessus! En fait, c'est un trackball, une souris d'ordinateur si vous préférez. Avec, on peut naviguer dans les différents menus… C'est un peu un ordinateur géant, finalement, un cockpit!

Vous retirez précipitamment vos doigts, de peur de cliquer par erreur et de déclencher une catastrophe.

Les mains sagement posées sur les genoux, vous vous contentez de savourer le spectacle magique qui s'offre à vous. Une nouvelle fois, les explications enthousiastes d'Enrique parviennent à vos oreilles sans se frayer un chemin jusqu'à votre cerveau.

—… et l'appareil ne compte pas moins de vingt-deux roues, vous vous rendez compte?

— Hum, hum…

Le rire d'Enrique résonne de nouveau dans la cabine.

— Je suis incorrigible! déclare le copilote, en secouant la tête. Vous avez raison de profiter de la vue. On oublie parfois à quel point voler est magique…

Vous vous mordez la lève, gênée par le regard perçant d'un vert limpide du beau copilote. Vous ne vouliez pas le vexer; c'est vraiment gentil de sa part de prendre le temps de vous expliquer tout ça…

— Et comment êtes-vous devenu pilote? l'interrogez-vous, désireuse de relancer la conversation.

Enrique fronce les sourcils.

— Vous imaginez sans doute que j'étais fils à papa, premier de classe et capitaine de l'équipe de foot… Mais en fait, je n'étais pas un élève brillant au lycée, et j'étais loin d'être un sportif de haut niveau. J'étais même plutôt du genre gringalet!

Vous le regardez, incrédule. Les muscles qui se dessinent aujourd'hui sous sa chemise ne collent pas vraiment avec le récit du copilote.

— Mais j'étais passionné, reprend-il. Je ne voulais qu'une chose : voler. Mes profs, ma famille, mes amis… tout le monde m'a dit que je n'y arriverai jamais, qu'il valait mieux passer des brevets de pilote amateur, plutôt que de m'entêter à vouloir en faire mon métier…

— Mais vous avez réussi! vous exclamez-vous, ravie que l'histoire ait une fin heureuse.

— Oui, j'ai réussi. J'ai passé le concours trois fois avant de l'avoir. Et ensuite, à l'école, j'ai bossé dur pour ne pas me faire virer… Et puis, je me suis mis au sport!

Il exhibe son biceps avec un sourire d'enfant si naïf que vous ne pouvez pas vous empêcher de le trouver attendrissant.

Alors comme ça, le charmant Enrique n'est pas juste ce beau gosse en uniforme si sûr de lui?

— J'imagine que ça ne doit pas être évident, comme concours?

— Le piège, c'est qu'il faut tout travailler, pas seulement les maths et la physique. Bien sûr, ça compte… mais les grosses têtes de prépa scientifique ont tendance à négliger l'anglais. Pourtant, c'est la langue que toutes les compagnies aériennes utilisent!

Alors qu'il se concentre quelques instants sur les instruments de bord, vous en profitez pour l'observer à la dérobée. L'uniforme, les insignes dorés sur la veste… c'est idiot, mais ça vous fait de l'effet… Vous ne savez pas si c'est le prestige du poste, sa maîtrise de l'impressionnant tableau de bord, ou simplement le fait qu'il ait votre vie et celle de tous les autres passagers entre ses mains… En tout cas, vous trouvez qu'Enrique dégage une assurance très sexy.

Vous devez reconnaître que vous n'êtes pas insensible à son charme. Mais, alors que vous cherchez comment relancer la conversation sans parler de votre propre boulot, qui vous semble bien ennuyeux en comparaison, on frappe à la porte du cockpit.

Quelques secondes plus tard, Jade apparaît.

— Oh, mais tu es une privilégiée ! s'exclame-t-elle. Assise à la place du pilote… Tu as dû faire grande impression à Enrique !

Vous jetez un coup d'œil au copilote, qui se contente de vous faire un grand sourire.

— On continue la visite ? vous propose Jade.

Votre hésitation n'échappe pas au copilote, qui contre immédiatement.

— Rien ne vous oblige à partir ! Je serais ravi que vous me teniez compagnie pendant encore un moment…

Vous vous tournez vers Jade, un peu perdue, mais l'hôtesse se contente de hausser les épaules.

— À toi de voir! vous dit-elle, en ouvrant de nouveau la porte du cockpit.

Qu'allez-vous faire?

Rester avec Enrique en 13?

Reprendre votre visite de l'avion avec Jade en 17?

Ou bien préférez-vous rejoindre votre place en 26?

13

— Si ça ne te dérange pas, Jade, je crois que je vais rester un peu dans le cockpit, annoncez-vous.

Vous n'avez aucune envie de quitter Enrique maintenant. Vous passez un si bon moment en sa compagnie… et le plus extraordinaire, c'est que visiblement, c'est aussi son cas !

— Pas de problème ! répond l'hôtesse. En revanche, quand tu rejoindras ta place, il vaut mieux que tu passes par la classe affaires sur le pont supérieur, puis par l'escalier du fond, d'accord ? Si tu veux te balader toute seule en première, mes collègues risquent de t'ennuyer !

Vous acquiescez, et la remerciez encore une fois de vous avoir permis cette visite exceptionnelle.

— Enfin seuls ! déclare Enrique, dès que la porte du cockpit se referme derrière Jade.

Vous riez en rejetant votre tête en arrière, mais au fond de vous, vous êtes troublée. Le copilote avait-il une idée derrière la tête en vous proposant de rester ? Peut-être espère-t-il que vous resterez jusqu'à son tour de repos ? Mais dans ce cas, que vous proposerait-il ?

Un verre au bar ou bien… une visite dans un espace plus privé?

Cette seule idée vous fait rougir… mais vous ne pouvez pas le nier, elle vous excite, aussi. Vous n'avez jamais fait l'amour avec un inconnu rencontré en boîte de nuit, ni même couché le premier soir. Pourtant, les histoires que vous a racontées Clara étaient parfois tentantes, surtout pendant les périodes où vous n'aviez pas de petit ami…

Peut-être n'aviez-vous tout simplement jamais rencontré un homme qui vous plaise suffisamment pour vous donner envie de vous lancer? En tout cas, à cet instant, dans le cockpit, vous vous dites que votre résolution ne devrait pas se limiter à changer de couleur de vernis à ongles… Non, c'est décidé, pendant ces vacances, vous allez faire de nouvelles expériences.

« Si Enrique me propose de nous revoir, je dis oui » décidez-vous soudain. Même si vous savez très bien qu'une histoire avec un pilote de ligne ne serait pas viable… vous vous sentez prête pour une relation sans lendemain.

— Je peux vous poser une question? murmurez-vous, en baissant les yeux.

— Tout ce que vous voulez, répond Enrique, les yeux pétillants.

— Est-ce que j'ai l'air… trop sérieuse? marmonnez-vous en rougissant.

Vous regrettez immédiatement d'avoir prononcé ces mots. «C'est typique! Un homme s'intéresse à moi, alors il faut que je trouve un moyen de me déprécier… »

Contrairement à ce que vous craigniez, Enrique ne rit pas. Il attend que vous releviez la tête pour plonger ses incroyables yeux verts dans les vôtres.

— Je crois que vous avez peur, vous souffle-t-il, en prenant doucement votre main dans la sienne. Peur de vous faire remarquer… Alors vous essayez de passer inaperçue. Et je suis sûr que ça fonctionne avec certains hommes ; mais pas avec moi.

Vous vous surprenez à apprécier le contact de sa peau sur la vôtre. Sa peau est chaude, rassurante… Vous ne savez pas si vous devez retirer votre main ou non. Heureusement, Enrique prend la décision pour vous, en ôtant sa main pour appuyer sur l'un des très nombreux boutons du tableau de bord.

— Pourtant, vous devez en voir défiler, des jeunes femmes qui demandent à visiter le cockpit… chuchotez-vous, alors que les paroles d'Enrique résonnent encore dans votre tête.

Les yeux d'Enrique descendent, parcourant votre petite robe noire, vos jambes nues pour finir par se poser sur vos ballerines noires.

— Disons que d'habitude, elles font au moins l'effort de porter des talons…

Vous relevez la tête, surprise, avant de croiser le regard amusé d'Enrique.

— Ce n'est pas de ma faute si je suis grande ! vous exclamez-vous en riant.

Décidément, le copilote sait vous mettre à l'aise.

— Et ce n'est pas pour me déplaire ! répond Enrique, le sourire aux lèvres. Mais c'est peut-être moi qui devrais me méfier ? Qui sait ce que vous cachez sous votre allure de jeune femme sage ?

— Tout à fait. Vous êtes bien imprudent, d'ailleurs… Et si je planquais une arme dans mes semelles? Je pourrais détourner l'avion vers la Colombie!

Enrique lève les sourcils.

— Je ne veux pas vous vexer… mais je crois que je vous maîtriserais sans trop de problèmes!

Une nouvelle fois, Enrique détaille votre silhouette – avec le prétexte cette fois-ci d'évaluer votre force physique – et son regard vous trouble. Une sensation de chaleur vous envahit. Vous aimeriez que ce soit aussi simple que dans les films. Enrique se pencherait vers vous, prendrait votre menton dans sa main, et vous embrasserait passionnément…

Vous rougissez une nouvelle fois, soudain convaincue que le copilote devine ce à quoi vous pensez. Pour dissimuler votre gêne, vous vous extrayez du siège du pilote et décidez d'examiner l'arrière du cockpit.

— Oh, il y a même un extincteur! vous exclamez-vous, d'une voix faussement intéressée, en désignant la bouteille rouge, juste à côté de la porte d'entrée du cockpit.

Vous prenez bien soin de ne pas vous retourner, pour ne pas avoir à croiser le regard d'Enrique. Vous êtes sûre qu'il n'est pas dupe, mais gagner un peu de temps vous permettra de reprendre vos esprits.

Alors que vous levez la tête, pour examiner une sorte de mystérieux boîtier noir qui se trouve au-dessus du fauteuil pliant, vous sentez soudain la présence du copilote derrière vous. Sa respiration réchauffe votre nuque, et vous vous figez, décontenancée.

Comme dans un rêve, la main d'Enrique se pose délicatement sur votre taille. Vous sentez la chaleur de son corps à quelques centimètres du vôtre.

Votre cœur bat si vite que vous vous demandez si vous n'allez pas devoir vous asseoir.

Enrique se penche, approchant ses lèvres de votre oreille jusqu'à ce qu'elles ne soient plus qu'à un centimètre.

— Je peux vous embrasser? chuchote-t-il.

Vous n'avez que quelques secondes pour vous décider...

Allez-vous acquiescer en 14?

Ou bien vous éclipser tant qu'il en est encore temps, en 23?

14

Le contact de la main d'Enrique sur votre taille a provoqué un frisson que vous ne pouvez pas manquer de reconnaître. Pour la première fois de votre vie, vous désirez un quasi-inconnu.

— Oui, murmurez-vous, si bas que votre voix est presque inaudible.

Enrique pose les mains sur vos épaules, et vous fait pivoter vers lui lentement. Il plonge son regard vert dans le vôtre et vous contemple quelques secondes. Enfin, il se penche vers vous, et ses lèvres entrent en contact avec les vôtres. C'est un électrochoc.

Un courant parcourt tout votre corps ; c'est comme si ce baiser réveillait vos sens, chacune de ses terminaisons nerveuses trop longtemps engourdies. Vous lui rendez son baiser, votre langue cherchant la sienne tandis que vos mains remontent vers ses épaules et s'y agrippent comme si votre vie en dépendait.

Enrique vous serre contre lui, votre poitrine plaquée sur son torse. À travers sa chemise, vous sentez les muscles de ses pectoraux, qui se soulèvent au rythme rapide de sa respiration. Puis il quitte un instant votre bouche, pour effleurer la base de votre cou. Ce contact si léger vous arrache un gémissement.

Vous avez le sentiment de n'avoir plus aucun contrôle sur votre corps, tout entier envahi par les frissons que provoque le contact de ses lèvres. Une de vos mains s'enfonce dans la masse épaisse des cheveux noirs, vous vous mordez la lèvre pour ne pas gémir de nouveau : il mordille à présent délicatement le lobe de votre oreille.

Votre respiration s'accélère, et vous cherchez de nouveau la bouche d'Enrique avec un sentiment d'urgence. Vous voulez qu'il vous embrasse de nouveau, vous voulez vous perdre dans ses bras et ne plus penser à rien. Comme s'il lisait dans vos pensées, le copilote quitte votre oreille et ses lèvres reviennent sur les vôtres.

Son baiser est plus profond, pressant. Il vous repousse, vous plaque contre la porte du cockpit. Le contact est froid dans votre dos, et vous sentez le creux de la poignée de la porte derrière vos reins. Les légères vibrations de la paroi vous rappellent l'espace d'une seconde que vous êtes à bord d'un avion.

Lorsque le bassin d'Enrique vient presser contre le vôtre, vous sentez son érection à travers le fin tissu de son pantalon ; alors vous fermez les yeux, et oubliez tout de l'endroit où vous vous trouvez. Vos hanches avancent seules à sa rencontre, l'invitant à se presser encore plus contre vous.

Enrique ôte les mains de votre cou pour descendre vers votre poitrine, qui se soulève de plus en plus vite. Lorsque ses mains enveloppent vos seins, vous rouvrez les yeux, et le bleu du ciel surgit devant vous, irréel.

Les sensations se mélangent : la chaleur du corps d'Enrique contre vous, de ses mains sur vos seins dont les tétons se sont durcis, le contact dur de l'habitacle dans votre dos. La respiration haletante du copilote est un puissant aphrodisiaque : le fait que votre corps puisse exciter un homme aussi séduisant vous ravit.

Lorsque vos yeux se posent brièvement sur les deux fauteuils avant, vides à présent, vous ressentez une pointe d'angoisse, mais aussi d'urgence. Votre cerveau sait qu'il faut faire vite : l'avion ne peut pas rester éternellement sans pilote…

Vous retenez un soupir de frustration quand les mains d'Enrique quittent votre poitrine et descendent le long de vos hanches. Le copilote attrape le bas de votre petite robe noire et la remonte rapidement. Machinalement, vous vous écartez de la porte du cockpit et levez les bras pour lui permettre de la faire passer au-dessus de votre tête. L'air froid vient caresser votre corps presque nu. Vous restez en équilibre, hésitant à vous appuyer de nouveau sur la porte, redoutant le contact désagréable de la paroi. Pendant quelques secondes, vous vous interrogez sur ce que le copilote peut penser de votre corps.

Même si vous portez une culotte et un soutien-gorge noirs bordés de dentelle tout à fait présentables, vous vous sentez un peu mal à l'aise, exposée ainsi devant un inconnu.

Heureusement, Enrique profite de ces quelques instants pour déboutonner les deux premiers boutons de sa chemise, et la faire rapidement passer par-dessus sa tête. Puis il vous attire contre lui, et le contact de son corps vous réchauffe immédiatement, vous faisant oublier vos hésitations.

— Vous êtes magnifique, chuchote-t-il à votre oreille.

Ses mains caressent votre dos, vous tirant des frissons de désir qui ricochent dans tout votre corps. Vous sentez votre sexe se serrer, impatient. Trouvant l'attache de votre soutien-gorge, Enrique la défait habilement, et le sous-vêtement rejoint votre robe sur le sol, à vos pieds.

Le copilote contemple quelques secondes vos seins nus et dressés, avant de se pencher pour les embrasser, l'un après l'autre. Il aspire délicatement votre téton droit, et un arc électrique parcourt tout votre ventre, reliant votre poitrine à votre sexe. Vous ne pouvez retenir un gémissement.

Enrique se redresse pour embrasser votre cou, une main toujours sur votre poitrine, tandis que l'autre descend lentement le long de votre ventre. Vous tressaillez quand ses doigts parviennent à la hauteur de votre culotte.

Les lèvres d'Enrique quittent votre bouche, et il plonge son incroyable regard vert dans le vôtre. Il vous fixe, guettant votre réaction alors que ses doigts s'aventurent sur votre culotte, caressant votre sexe à travers le fin tissu.

Aussitôt, vous sentez vos lèvres s'ouvrir, humides et gorgées de désir. Ses doigts dessinent vos lèvres d'un mouvement de plus en plus appuyé. Puis ils remontent et viennent presser juste sur votre clitoris.

Vous sentez vos hanches avancer toutes seules vers Enrique pour accentuer ce contact.

La main d'Enrique quitte votre poitrine pour s'emparer de la vôtre et la guider jusqu'à son sexe bandé, qui tend le tissu de son pantalon. Votre main entoure sa queue, vous sentez sa chaleur palpitante. Timidement, vous entamez un léger va-et-vient, qui arrache un gémissement étouffé au copilote.

Soudain impatient, il s'écarte de vous, défait la ceinture de son pantalon et baisse la fermeture éclair. Vos yeux suivent les mouvements de ses mains, et vous voyez surgir son sexe dressé.

Enrique s'assoit ensuite sur le siège du milieu, avant de vous attirer vers lui. Vous enlevez vos ballerines, le contact rugueux de la moquette sous la plante de vos pieds vous ramène brusquement à la réalité. Vous avez tout à coup une conscience aiguë d'être nue et vulnérable. Heureusement, Enrique vous guide fermement, écartant vos jambes pour que vous vous installiez à califourchon sur ses genoux, face à lui. Vous enfouissez aussitôt votre tête dans son cou, pour ne pas avoir à soutenir son regard.

Le copilote pose les mains sur vos fesses, et d'un geste ferme, vous plaque contre lui. Sa queue toujours aussi dure appuie contre votre culotte, et votre sexe réagit immédiatement en s'ouvrant à nouveau. Des ondes de désir parcourent vos jambes, et vous fermez les yeux, prête à vous abandonner.

Le goût à présent connu de ses lèvres sur les vôtres emplit vos pensées, et les mouvements réguliers et puissants de son bassin attisent la fournaise dans votre bas-ventre. Le frottement de votre culotte sur votre clitoris se fait plus intense, le tissu trempé colle de plus en plus à votre sexe. À chaque poussée, la queue du copilote semble prête à forcer le mince barrage de coton et de dentelle. Vos mains s'agrippent à ses épaules, vos ongles lui griffent le dos, vous ondulez du bassin en haletant.

Soudain, Enrique ralentit. Il vous écarte de lui et vous observe avec gourmandise. Puis, d'un doigt délicat, il trace le contour de votre culotte avec une lenteur impossible, effleurant votre ventre noué, puis la peau ultrasensible de l'intérieur de vos cuisses. Alors que vous gémissez de frustration, vous avancez votre bassin pour frotter vos lèvres trempées contre sa queue, mais Enrique vous repousse.

— Levez-vous, vous chuchote-t-il.

Vous vous exécutez, toute pudeur oubliée, tremblante d'impatience. Le copilote détaille votre corps d'un air appréciateur, puis – enfin – fait descendre votre culotte le long de vos jambes. Vous sentez le tissu glisser sur votre peau et l'air frais caresser votre nudité. Vous levez un pied, puis l'autre, pour vous débarrasser du bout de tissu trempé pendant qu'Enrique se lève à son tour, et tend le bras vers un compartiment, en hauteur. Il en sort un préservatif, dont il déchire aussitôt l'emballage.

— Tournez-vous, vous murmure-t-il à l'oreille. Je ne voudrais pas vous priver de la vue…

Vous obéissez avec la docilité d'un pantin. De nouveau, votre regard plonge dans le bleu à perte de vue. À présent, les nuages blancs forment un sol cotonneux, qui semble flotter quelques mètres en dessous de l'avion. Vous vous sentez absolument isolée du monde, loin de tout, dans une bulle protégée et hors du temps. Vous n'êtes plus vous-même, mais un corps libre, sensible, tendu. Vous avez presque l'impression de voler.

Enrique se rassoit sur le fauteuil, et vous attire de nouveau vers lui. Cette fois-ci, c'est le dos tourné vers lui que vous vous asseyez sur ses genoux. Ses mains remontent de vos reins à vos omoplates, et chaque centimètre carré de votre peau est parcouru de frissons. Enrique vous mordille le cou, son érection pressée contre vos fesses. D'un léger mouvement de bassin, vous venez vous coller encore plus à lui.

Enrique place alors ses deux mains autour de votre taille et vous soulève facilement. Son gland vient se positionner à l'entrée de votre sexe humide. Puis, d'un seul coup, il vous fait redescendre sur sa queue, vous pénétrant entièrement. Vous vous sentez entièrement remplie, votre sexe ouvert, étiré.

Son bassin reste d'abord parfaitement immobile, vous laissant le temps de vous habituer à sa présence, alors que sa main gauche remonte vers votre poitrine. Son autre main passe sur votre ventre, puis descend se poser sur votre sexe, où ses doigts parcourent lentement vos lèvres avant de s'arrêter sur votre clitoris gonflé. Le contact est électrique : tout votre corps n'attendait que ça pour vibrer. Vous n'y tenez plus : votre bassin se met à bouger, et bientôt, vous sentez qu'Enrique rejoint vos mouvements. Ses doigts ne quittent pas votre clitoris, faisant inexorablement monter votre plaisir au rythme des va-et-vient.

Vous haletez de plus en plus rapidement, les yeux perdus dans la vue spectaculaire qui s'étend partout devant vous. Vous ne savez plus où vous êtes, vous avez l'impression d'être suspendue dans les airs, seulement retenue par les bras puissants d'Enrique.

Les poussées du bassin du copilote s'accélèrent encore, et vous fermez les yeux lorsqu'une dernière pression sur votre clitoris vous donne le coup de grâce. Vos jambes se tendent sous l'effet de la vague irrésistible qui déferle sur vous. Vous jouissez longuement, en poussant un cri rauque, immédiatement suivie par Enrique.

Ses bras vous retiennent, vous empêchant de glisser au sol. Vous laissez votre tête retomber en arrière sur son épaule, en essayant de reprendre votre respiration.

Quand vous rouvrez les yeux, quelques minutes se sont écoulées. Encore un peu sonnée, à la fois par l'orgasme qui vient de vous emporter et par la prise de conscience de ce que vous venez de faire, vous vous redressez. Vous sentez le sexe du copilote glisser hors de vous, et votre premier réflexe une fois debout est de récupérer votre culotte au sol, et de l'enfiler aussi rapidement que possible. Vous attachez ensuite votre soutien-gorge un peu plus calmement, avant d'enfiler votre robe. «Je l'ai fait», vous répétez-vous, incrédule. Vous hésitez entre la gêne – vous n'avez aucune idée de ce qu'il faut dire ou faire dans ces cas-là – et une fierté enfantine. Vous avez triomphé de vos craintes, de votre pudeur, vous vous êtes laissée aller… et on ne peut pas nier que le résultat a été des plus agréables. Vous vous rechaussez, un petit sourire aux lèvres. Mais ce n'est qu'une fois entièrement rhabillée que vous trouvez le courage de regarder Enrique.

Le copilote est en train de refermer les boutons de sa chemise. Il vous sourit, et vous vous faites la réflexion qu'il semble très à l'aise. «Qui sait combien de fois il a déjà vécu ça?» chuchote une petite voix dans votre tête. Mais vous décidez de ne pas la laisser gâcher ce moment. Après tout, il n'était pas question de vous trouver un mari, mais de vous prouver que vous étiez capable de vous lâcher...

— J'espère que j'ai été à la hauteur, vous dit-il, avec son éternel sourire charmeur.

Vous n'avez pas l'intention de lui avouer que ce qui vient de se passer est allé bien au-delà de ce que vous auriez pu imaginer... Vous vous contentez donc de lui rendre son sourire.

Enrique regagne sa place, sur le siège à droite du cockpit, et entame un tour de vérification des instruments. Vous vous balancez d'un pied sur l'autre, sans trop savoir quoi faire. Vous rasseoir dans le siège du pilote? Vous faites la moue: que ferez-vous quand le commandant de bord arrivera? Et puis vous ne voulez pas qu'Enrique pense que vous attendez quelque chose de lui... Vous voulez rester sur ce sentiment positif, et vous craignez que la suite ne fasse que l'affaiblir ou même le gâcher.

— Tout va bien! annonce Enrique, en relevant la tête du tableau de bord. Vous voulez revenir sur le siège du pilote?

— Non, je vous remercie, répondez-vous, avec un sourire hésitant. Je vais vous laisser travailler.

Enrique hoche la tête, et ses yeux verts s'attardent sur vous, comme pour figer votre image dans sa mémoire.

— C'est un vol dont je me souviendrai… souffle-t-il.

Vous vous sentez rougir, et murmurez :

— Moi aussi…

En quelques pas, vous voilà à la porte du cockpit. Vous l'ouvrez, et vous retournez pour faire un dernier signe de main à Enrique avant de la franchir.

Celui-ci vous répond par un salut militaire.

Vous quittez la cabine, refermez la porte derrière vous, et vous y appuyez quelques secondes.

Reprenez vos esprits en 15.

15

Au bout de quelques secondes, vous reprenez conscience de votre environnement. Vous n'êtes plus dans la sécurité – et l'intimité – du cockpit. Ici, à un mètre de l'escalier avec d'un côté et de la classe affaires de l'autre, n'importe qui pourrait vous surprendre… et vous interroger sur votre présence ici.

Vous vous souvenez soudain des consignes que vous a données Jade un peu plus tôt: passer par la classe affaires et emprunter l'escalier du fond pour éviter de repasser par la première classe. Bien, ça ne devrait pas être trop compliqué, même dans l'état semi-conscient dans lequel vous vous trouvez!

Vous lissez votre robe d'un geste machinal. «J'espère que je suis à peu près présentable» songez-vous, en vous dirigeant vers le rideau de séparation. Derrière, c'est la classe affaires. Vous avancez droit devant vous, en essayant d'avoir une démarche aussi assurée que possible. Vous jetez un œil autour de vous. Ici aussi, l'atmosphère est luxueuse: les sièges sont larges, recouverts de tissu gris perle, et entourés par une coque individuelle de couleur crème. Il n'y a que six sièges par rangée, au lieu des dix en classe éco. La plupart des passagers sont des hommes d'affaires, habillés d'un costume sombre. Les plus sérieux sont plongés dans leur ordinateur portable, tandis que les autres visionnent des programmes sur leur écran, écouteurs sur les oreilles.

Soudain, votre cœur bondit dans votre poitrine : vous venez d'apercevoir Louis Trachenberg, plongé dans la lecture de son journal ! Heureusement, il est tout à fait de l'autre côté, séparé de vous par les deux sièges du milieu ainsi que par l'autre allée. Vous pressez le pas, en priant pour qu'il ne relève pas la tête juste à ce moment-là.

Même si vous êtes certaine qu'il n'a dû accorder aucune importance à votre refus, vous n'avez aucune envie de le vérifier par vous-même. Vous vous éloignez rapidement. « Et dire qu'à ce moment-là, je n'avais aucune idée de ce qui m'attendait… C'est drôle, mon voyage aurait pu être complètement différent ! »

Quelques mètres plus loin, vous passez un nouveau rideau de séparation, et débouchez dans la partie du pont supérieur occupée par la classe éco. Plus besoin de vous presser à présent, votre billet vous donne tout à fait le droit d'être ici.

Vous rejoignez enfin l'escalier placé en queue de l'avion, et vous descendez les marches, encore émerveillée par la taille gigantesque de l'avion que vous venez de parcourir entièrement.

Vous retournez à votre place en 16.

16

Quand vous arrivez à votre place, vous trouvez Tom, votre beau voisin, profondément endormi, un masque sur les yeux. À côté de lui, Vanessa, la bimbo rousse, semble dépitée. Elle vous lance un regard mauvais, avant de se replonger dans le film qui passe sur son écran.

« Visiblement, tous ses efforts n'ont servi à rien!» songez-vous, en vous asseyant. Et vous ne pouvez pas nier que vous en êtes ravie… pour le principe. Si elle savait ce que vous avez fait pendant votre absence, elle serait sans doute verte de jalousie!

Vous vous étirez, puis attrapez la couverture fournie par la compagnie aérienne, que vous étalez sur vos jambes. Avec la climatisation, vous commenciez à avoir un peu froid.

Vous vous emparez ensuite de la télécommande qui contrôle votre écran. D'un œil distrait, vous parcourez les programmes disponibles et finissez par sélectionner la dernière comédie romantique du créateur de *Love Actually*. Voilà exactement ce qu'il vous faut pour passer un bon moment avant dormir à votre tour.

Vous inclinez votre siège et vous installez confortablement pendant que le film commence. Mais vous êtes si épuisée par l'intensité de ce que vous venez de vivre que vous sombrez avant même la fin de la comédie… et c'est une hôtesse qui vous réveille quelques heures plus tard, pour vous annoncer que l'avion va bientôt atterrir!

Vous avez dormi comme un loir, tellement que vous avez presque l'impression que tout n'était qu'un rêve… Mais les sensations de votre corps sont là pour vous confirmer que tout était bien réel!

Vous vous sentez reposée, détendue, prête à aller dévorer un énorme petit-déjeuner avec Clara, qui a promis de venir vous chercher à l'aéroport. Vous ne savez pas encore si vous allez lui raconter ce vol en détail. Mais dans tous les cas, les vacances ne pouvaient pas mieux commencer!

FIN

Vous vous demandez ce qui se serait passé si vous aviez fait d'autres choix?

Pour le savoir, vous pouvez recommencer en 1!

17

— J'arrive! vous exclamez-vous, en vous levant prudemment.

Vous vous faufilez hors du siège du pilote, pour rejoindre Jade à l'arrière du cockpit. Avant de franchir la porte, vous vous retournez et souriez à Enrique.

— J'ai passé un très bon moment, merci beaucoup!

— Tout le plaisir était pour moi… répond-il, mais son sourire charmeur peine à masquer sa déception.

Il imaginait sans doute que vous accepteriez de rester un peu plus longtemps avec lui… Mais en restant, vous auriez renoncé à la fin de la visite privée de l'avion que Jade vous a promis… Qui sait quels secrets elle va vous faire découvrir à présent? Et puis vous appréciez vraiment la belle hôtesse, ça vous aurait ennuyée de la laisser tomber.

Jade vous sourit, visiblement ravie que vous ne soyez pas restée que vous ayez choisi de la suivre plutôt que de rester avec le bel Enrique.

— Derrière ce rideau, c'est la classe affaires, vous chuchote-t-elle.

Vous hochez la tête, prête à la suivre, quand soudain, une jeune hôtesse blonde surgit devant vous.

— Jade! Tu tombes bien, s'écrie-t-elle. J'ai besoin d'aide! J'ai un passager alcoolisé à calmer…

La jeune femme semble paniquée. Jade se tourne vers vous.

— Attends-moi ici une seconde, d'accord?

Puis la belle hôtesse suit sa collègue de l'autre côté du rideau de séparation. Quelques secondes plus tard, un éclat de voix vous parvient. «Ce doit être l'homme qui a trop bu», vous dites-vous en vous tordant le cou pour essayer d'apercevoir quelque chose.

Par l'interstice, vous découvrez un homme d'une cinquantaine d'années, au visage rouge vif. Il semble furieux, pointant son index vers la jeune hôtesse blonde, qui semble encore plus effrayée que tout à l'heure, et hurlant des propos incohérents.

— Inadmissible! Vous savez combien je paye?

La jeune hôtesse bredouille quelques mots, mais rapidement, Jade prend les choses en main. Elle avance pour s'interposer entre le passager et l'hôtesse, et vous admirez son calme et son courage. L'homme pourrait très bien la repousser ou, pire, la frapper… Pourtant, elle pose une main sur son bras et l'invite fermement à se rasseoir. Vous n'entendez pas ce qu'elle lui dit, mais sa voix semble assurée.

L'homme a l'air de protester encore, mais finit par obéir. L'hôtesse échange encore quelques mots avec lui, et il hoche la tête, penaud.

Vous secouez la tête. Décidément, le métier d'hôtesse de l'air est bien plus complexe que ce qu'on peut imaginer! Entre les dragueurs à éconduire poliment, les passagers qui paniquent ou ceux qui deviennent violents, il faut savoir garder son sang-froid en toutes circonstances. Sans même parler de la sécurité à gérer en cas de problème...

Vous reculez instinctivement quand l'hôtesse blonde avance vers vous. Mais elle est si perturbée qu'elle ne vous remarque pas. Elle se dirige vers le combiné accroché à la cloison, juste derrière le rideau de séparation.

— Nicolas? demande-t-elle, d'une voix blanche. Est-ce que tu pourrais venir prendre ma place là-haut? Oui, un passager qui a pété les plombs... Merci, vraiment, c'est sympa!

La jeune blonde raccroche, visiblement soulagée, et se dirige vers l'escalier.

Quelques minutes plus tard, un steward d'une quarantaine d'années surgit des escaliers. Vous comprenez aussitôt pourquoi la jeune blonde l'a appelé à l'aide : le fameux Nicolas a un physique de garde du corps!

Il s'arrête devant le rideau, et fait signe à Jade, qui le rejoint rapidement.

— Qu'est-ce qu'on a? demande-t-il.

— Oh, rien de très grave, répond Jade en souriant. Monsieur en B3 a bu un peu trop de whisky... Je suis sûre qu'en vous voyant, l'envie de menacer les hôtesses lui passera comme par enchantement!

Nicolas hoche la tête, et s'en va patrouiller en classe affaires.

Enfin, Jade semble se souvenir de votre présence.

— Merci de m'avoir attendue! s'exclame-t-elle. Désolée pour ça, ajoute-t-elle, en haussant les épaules.

— C'est une formation en psycho qu'il faudrait suivre pour devenir hôtesse, répondez-vous en souriant. Je suis admirative de la façon dont tu as géré ça!

— Chaque long-courrier a son passager qui fait une crise, c'est la règle! déclare Jade en riant. On continue? En passant par l'autre allée, si tu veux bien... ajoute-t-elle, avec un sourire malicieux.

Vous lui emboîtez le pas en 18.

18

Vous suivez Jade le long de l'allée, en jetant un regard curieux autour de vous. Bien sûr, c'est moins impressionnant que la première… mais les fauteuils ont tout de même l'air bien plus confortables qu'en classe éco! Partout autour de vous, il y a des hommes en costumes penchés sur leur écran d'ordinateur…

Tout à coup, une pensée vous frappe: Louis Trachenberg doit être quelque part par ici! Vous jetez un œil aux alentours, et soudain, vous le repérez. Il est là, quelques rangées devant vous… profondément endormi! La tête penchée sur le côté, la bouche ouverte, le célèbre homme d'affaires n'a plus rien à voir avec le séduisant célibataire en couverture du magazine que vous lisiez tout à l'heure… Vous ne pouvez retenir un petit rire en le dépassant. «J'ai vraiment bien fait de ne pas accepter son invitation!»

Quelques mètres plus loin, vous franchissez après Jade un autre rideau de séparation bleu. Derrière, c'est de nouveau la classe éco.

— Pas la peine de me faire visiter, plaisantez-vous, je connais!

— Suis-moi, je vais te montrer un endroit qu'aucun passager ne voit jamais, répond Jade avec un clin d'œil.

Intriguée, vous lui emboîtez le pas. Vous parvenez tout au bout du pont supérieur, mais au lieu d'emprunter l'escalier pour redescendre, Jade tourne à droite. Vous la rejoignez devant une porte sur laquelle est accroché un panneau sens interdit.

Jade met un doigt devant sa bouche pour vous indiquer de ne faire aucun bruit, puis ouvre la porte. Vous vous attendiez à un placard… mais la porte s'ouvre sur une sorte de couloir, qui donne accès à ce qui semble être des couchettes. La première est vide, et Jade vous montre comment on actionne une paroi coulissante qui l'isole des autres.

Puis, toujours sans bruit, elle ressort du petit local et referme la porte.

— C'est l'espace de repos du personnel navigant, vous explique-t-elle alors. C'est là que les hôtesses et les stewards viennent se reposer pendant le vol. L'avantage de l'A380, c'est que les couchettes sont grandes et qu'on peut vraiment s'isoler.

— C'est aussi là que se repose le pilote? interrogez-vous, curieuse.

— Non, les pilotes et copilotes ont des cabines privées, à proximité du cockpit. Comme ça, en cas d'urgence, ils ne perdent pas de temps à traverser tout l'avion!

Vous hochez la tête, ravie d'en apprendre plus sur les dessous de ce vol long-courrier. Ce n'est pas le genre d'endroits ouvert au public d'habitude. D'ailleurs, vous n'aviez même jamais entendu parler de ces espaces de repos… Vous avez vraiment l'impression d'être privilégiée…

Vous sursautez quand la main de Jade se pose sur votre bras.

— Tu veux tester? propose-t-elle avec un sourire en coin.

— Comment ça?

Pour être honnête, vous avez très bien compris ce que l'hôtesse a en tête. Mais vous êtes tellement surprise que vous essayez de gagner du temps.

— Eh bien… Disons que je pourrais te montrer mes talents de masseuse… entre autres, chuchote Jade.

Ses yeux noirs plongés dans les vôtres, la belle jeune femme attend. Vous ne pouvez plus avoir de doutes sur ses intentions. Vous devez bien avouer que plusieurs fois depuis que vous l'avez rencontré, la beauté de la jeune femme vous a troublé… Mais jamais vous n'auriez imaginé qu'elle vous fasse une proposition si directe!

Quoi qu'il en soit, vous voilà maintenant au pied du mur. Tout se passe si naturellement entre vous que vous trouveriez presque logique de la suivre… pourtant, vous n'avez jamais été attirée par les femmes. Et si c'était une expérience à tenter? Même Clara – à votre connaissance en tout cas – ne l'a jamais fait. C'est l'occasion de vous prouver que vous n'êtes pas une jeune femme ennuyeuse! Vous vous mordez la lèvre, hésitante.

vol 6996 pour L.A.

Allez-vous suivre Jade dans l'espace de repos en 19?

Ou bien préférez-vous retourner sagement à votre place en 24?

19

Vous prenez une grande inspiration. C'est décidé, vous vous jetez à l'eau… « Au moins, je ne mourrai pas idiote ! » vous dites-vous pour vous encourager.

Vous relevez les yeux vers Jade et murmurez :

— D'accord.

La jeune femme sourit, puis vous prévient :

— Attention, les autres cabines sont occupées, et je n'ai aucune envie de réveiller mes collègues. Donc, dès qu'on aura franchi cette porte, il ne faudra plus faire aucun bruit, OK ?

Vous hochez la tête, bizarrement soulagée de savoir que vous ne pourrez pas parler. C'est comme si ce silence forcé rendait les choses moins réelles, plus proches d'un rêve… et puis c'est une bonne façon d'être sûre que vous ne ferez pas de gaffes. Car bien entendu, vous n'avez absolument aucune idée de ce qu'il faut dire ou ne pas dire dans un cas comme celui-ci…

Jade ouvre de nouveau la porte, et entre dans la première petite cabine. Tout l'espace est occupé par une étroite couchette, vous n'avez donc pas d'autre choix que de vous y asseoir pendant que l'hôtesse referme, puis verrouille la paroi coulissante.

Jade vous rejoint, s'asseyant si près de vous que vos jambes se touchent. Doucement, elle vous prend la main et la porte à sa bouche. Vous rougissez, troublée par la douceur de ses lèvres. La situation ne ressemble à rien de ce que vous connaissez : tout est excitant et effrayant à la fois.

Visiblement consciente de vos appréhensions, Jade vous fait signe de vous allonger sur le ventre. Vous vous exécutez, acceptant avec reconnaissance de vous laisser guider, et soulagée de ne pas avoir à soutenir le regard brûlant de la belle hôtesse.

Elle s'agenouille à côté de vous sur le lit, et pose les mains à la base de votre nuque. Elle débute par un massage plutôt ferme, explorant vos épaules, à la recherche de contractures. Puis ses doigts appuient, malaxent, lissent. Peu à peu vous sentez toute tension vous quitter, vos muscles se relâchent, une douce chaleur envahit chaque centimètre carré de votre peau.

Les mains de Jade glissent sur vos bras. Ses pressions sont fermes sur vos biceps avant de se transformer en caresses sur vos avant-bras. Vous frissonnez alors que la pulpe de ses doigts parcourt la peau fine et délicate du creux de votre coude puis descend jusqu'à vos poignets.

Retraçant le chemin en sens inverse, Jade revient à votre dos. Cette fois, c'est la paume de ses mains qui descend le long de votre colonne vertébrale. Un frisson parcourt tout votre corps lorsqu'elle atteint le creux de vos reins. Au lieu de remonter tout de suite, Jade laisse ses mains posées juste au-dessus de vos fesses. La chaleur de sa peau semble traverser votre robe pour se communiquer à votre dos, à votre ventre. Vous sentez votre sexe se contracter.

Enfin, les mains de Jade reprennent vie. Elles remontent délicatement par les côtés, effleurant votre poitrine au passage. Puis ses doigts viennent masser votre cou, s'enfoncer dans votre cuir chevelu, vous plongeant dans une béatitude confiante.

C'est le moment que choisit Jade pour vous déshabiller. Ses mains saisissent le bas de votre robe, qu'elle remonte ensuite lentement jusqu'à vos fesses, que vous soulevez automatiquement. Puis, vous vous agenouillez sur le lit, afin de faire passer la robe par-dessus votre tête. Aussitôt débarrassée de la robe, vous vous rallongez sur le ventre.

Mais une fois en sous-vêtements, le massage de Jade ne vous semble plus relaxant. Lorsque ses mains se posent de nouveau sur vous – cette fois, directement au contact de votre peau nue – vous sentez votre ventre se serrer, votre sexe devenir humide.

Les paumes de l'hôtesse viennent se poser sur vos fesses. Les doigts de Jade, légers, aériens, parcourent tantôt votre peau, tantôt le fin tissu de votre culotte. Des frissons de plaisir se répandent dans tout votre corps.

Vous poussez un gémissement quand Jade se met à caresser plus franchement vos fesses, à les malaxer, parcourant vos courbes du haut des cuisses jusqu'au bas du dos.

— Chut! vous reprend-elle aussitôt.

Vous vous mordez la lèvre en hochant la tête, pour que Jade reprenne le massage qu'elle a brusquement cessé. Cette fois-ci, elle démarre par vos chevilles, et remonte très lentement le long de vos jambes. Elle appuie à peine, et vous sentez aussitôt la chair de poule recouvrir tout votre corps.

Instinctivement, votre bassin commence à bouger, à s'enfoncer dans le matelas. Quand les mains de Jade écartent vos jambes et que ses doigts parcourent lentement votre sexe, encore protégé par votre culotte, vous devez mordre l'oreiller pour ne pas crier.

À votre grand regret, la main de l'hôtesse remonte pour aller dégrafer votre soutien-gorge, puis vous fait pivoter sur le dos pour l'enlever. Tout à coup, vous prenez conscience que vous êtes presque nue alors que Jade est encore entièrement habillée.

Hésitante, vous tendez une main vers son chemiser, et Jade vous encourage d'un sourire rassurant. Vous en déboutonnez les boutons, maladroite. Enfin, la chemise tombe sur le lit. Vous êtes soulagée que Jade enlève elle-même ses collants et sa jupe moulante. Puis elle défait ses cheveux qui tombent en longue cascade le long de son cou fin et sur ses épaules.

Elle ne porte plus qu'un ensemble de lingerie rouge en dentelle, assez transparent pour que vous deviniez ses tétons pointés sous le tissu. Elle a vraiment un corps sublime.

Jade vous repousse sur le lit et se juche sur vous à califourchon. Elle se penche vers vous, et dépose un premier baiser sur vos lèvres. Son contact est surprenant : doux, sucré, mais ferme et puissant. Elle ne se contente pas d'effleurer votre bouche, elle l'embrasse passionnément. Vous sentez ses cheveux chatouiller votre peau, la dentelle de son soutien-gorge appuyer sur votre poitrine nue.

Puis Jade s'écarte, vous arrachant un soupir frustré. D'un geste habile, elle s'empare de vos seins, joue avec vos tétons dressés qu'elle pince entre ses doigts, puis descend le long de votre ventre jusqu'à l'élastique de votre culotte. En vous regardant droit dans les yeux, elle la descend lentement, dénudant votre sexe humide.

Une fois que votre culotte a rejoint ses vêtements au bout du lit, elle écarte de nouveau vos jambes pour vous caresser. Ses doigts s'attardent d'abord sur vos lèvres, les parcourant de bas en haut. Votre bassin se propulse en avant à chaque fois qu'elle s'approche de votre clitoris gonflé, mais elle l'évite soigneusement. Au bout de quelques minutes de ce traitement, toutes vos appréhensions se sont envolées. Vous n'avez plus qu'une idée en tête : jouir.

Vous réussissez tant bien que mal à contenir vos halètements, mais soudain, Jade plaque une main sur votre bouche. Vous écarquillez les yeux, surprise. Vous comprenez son geste quand, une seconde plus tard, elle vous pénètre avec deux doigts : votre cri étouffé est presque inaudible. Au lieu des va-et-vient que vous attendiez, elle oriente ses doigts vers le haut, et vient presser un renflement de chair d'une extrême sensibilité dont vous ne soupçonniez même pas l'existence. Chacune de ses pressions déclenche comme un courant électrique qui parcourt vos jambes.

Vous n'avez pas le temps de vous interroger sur cette découverte, déjà, Jade se penche, dépose un baiser sur votre nombril puis un autre sur votre pubis avant de poursuivre sa descente. Ses doigts toujours profondément en vous, vous sentez sa langue se poser juste sur votre clitoris. Le souffle coupé, vous devez de nouveau vous mordre les lèvres pour ne pas crier.

Mais Jade ne vous laisse aucun répit : ses doigts poursuivent leur exploration, et cette pression combinée à sa langue qui roule autour de votre clitoris fait monter en vous un plaisir d'une intensité inconnue.

Vous sentez tout votre corps se tendre, votre plaisir est tel qu'il en est presque douloureux. Soudain vous basculez. L'orgasme parcourt votre corps, secoue votre bassin, vous coupe la respiration. Jade ne bouge pas, attendant patiemment que vos soubresauts s'arrêtent. Puis elle relève la tête et vous sourit alors que vous rouvrez les yeux.

Vous vous apprêtez à vous redresser, mais elle secoue la tête. Vous la sentez placer ses doigts de part et d'autre de votre clitoris, puis appuyer fermement en les resserrant. Immédiatement, une nouvelle vague de plaisir vous emporte.

Quand, quelques minutes plus tard, vous reprenez conscience de ce qui vous entoure, Jade est allongée à côté de vous et vous observe en souriant.

— Merci, chuchotez-vous, en laissant votre tête retomber sur l'oreiller.

Vous refermez les yeux, cherchant à retrouver le calme parfait que vous ressentiez il y a encore une minute… Mais il est trop tard, la gêne s'est de nouveau emparée de vous.

Vous vous posez mille questions. Que devez-vous faire maintenant ? Êtes-vous censée lui rendre la pareille? Et si oui, comment? Est-ce que vous saurez vous y prendre?

Vous prenez une minute pour réfléchir à ce que vous allez faire.

Vous pouvez poursuivre l'expérience avec Jade en 20…

Ou bien vous éclipser et retourner à votre place en 22.

20

Redressée sur un coude, vous observez Jade, allongée à côté de vous, la tête posée sur son bras replié. Elle vous sourit, détendue… magnifique. Elle ne semble rien attendre de vous. C'est sûrement ce qui vous décide à tenter. Vous avez envie de voir ce dont vous êtes capable, bien sûr. Mais vous avez surtout envie de lui faire plaisir.

Vous vous penchez pour embrasser la jeune femme, qui vous rend votre baiser avec fougue.

Encouragée, vous laissez vos mains descendre le long de son cou, parcourir ses épaules, caresser ses seins encore couverts par le soutien-gorge en dentelle. Sa peau est veloutée, chaude, lisse. Rien à voir avec la peau d'un homme.

Vous aimeriez être aussi douée que Jade pour faire monter le désir… mais vous craignez d'être ridicule. Vous vous jetez à l'eau avant de prendre peur. Une grande inspiration, et vous posez timidement la main sur sa culotte. Jade ferme les yeux et pousse un soupir de plaisir. Enhardie, vous passez deux doigts sous l'élastique et entreprenez de la faire descendre le long des jambes fuselées de l'hôtesse. La vue de son sexe nu est troublante : un triangle de poils noirs bien taillés sous lequel vous devinez de fines lèvres roses. Vous détournez les yeux, gênée, pour vous concentrer sur le soutien-gorge, que vous essayez d'enlever. Vos doigts vous semblent soudain épais et maladroits, tous vos repères inversés. Heureusement, Jade ne fait aucun commentaire, et garde les yeux fermés.

À présent, elle est entièrement nue, allongée devant vous. Confiante. Et impatiente, si vous en croyez sa respiration rapide...

Vous posez la main gauche sur son sein nu. Il est petit, ferme et très sensible : au premier contact, tout le corps de l'hôtesse se tend. Votre main droite descend entre ses jambes, et vos doigts découvrent son sexe, trempé, ouvert. Ils glissent facilement sur ses lèvres, trouvent son clitoris gonflé et brûlant. De la pulpe de votre pouce, vous tracez des cercles sur son bouton, guettant la moindre réaction sur son visage. Ses narines frémissent, ses sourcils se froncent, son front se plisse. Un moment, vous craignez de lui faire mal, mais un gémissement étouffé vous rassure.

La respiration de Jade s'accélère encore, et vous continuez au même rythme, concentrée et déterminée à la faire jouir à son tour. Soudain, son corps se tend, son dos s'arque alors que son visage se crispe. Son sexe palpite et se contracte violemment. C'est très étonnant de sentir ainsi son plaisir sous vos doigts.

Ravie d'avoir réussi à amener votre partenaire à l'orgasme, vous profitez de son état de semi-conscience pour enfiler vos sous-vêtements, que vous retrouvez en boule au pied du lit. Quand elle rouvre les yeux, vous ne pouvez retenir un sourire fier. Vous enfilez votre robe tandis que Jade se rhabille, elle aussi. Quelques instants plus tard, vous quittez l'espace de repos en silence.

Une fois la porte refermée, Jade se tourne vers vous.

— J'espère que tu garderas un bon souvenir de ce voyage, vous dit-elle, avec un regard complice.

— Absolument! répondez-vous, troublée.

— J'ai une idée pour que le reste soit à la hauteur..., vous souffle Jade.

Intriguée, vous suivez Jade en 21.

21

Une fois encore, vous emboîtez le pas à Jade, qui rebrousse chemin sur le pont supérieur. Vous retraversez la classe éco et passez le rideau qui la sépare de la classe affaires. Une fois de l'autre côté, Jade vous désigne une place inoccupée.

— Que dirais-tu de terminer le vol ici plutôt qu'en bas? Je vais demander à mes collègues d'apporter ici ton sac et de te servir un repas.

— Vraiment? demandez-vous, incrédule. On ne va pas venir me déloger dans une heure?

— Ne t'inquiète pas, vous souffle Jade à l'oreille. Je m'occupe de tout!

Puis elle se redresse et ajoute à haute voix:

— Je vous souhaite une agréable fin de vol, mademoiselle!

Vous la regardez s'éloigner, et glisser un mot à l'oreille de l'hôtesse qu'elle croise dans l'allée.

Fort heureusement, le siège que Jade vous a proposé se trouve dans la deuxième section de la classe affaires, après l'espace bar, soit à plus d'une dizaine de rangées de Louis Trachenberg. Il n'y a donc aucune raison que vous le croisiez d'ici à la fin du vol.

Vous vous asseyez dans le large fauteuil, et jetez un œil à votre nouvelle voisine, une brune d'une quarantaine d'années, concentrée sur son écran d'ordinateur. Vous jetez un rapide coup d'œil : elle planche sur une présentation – d'après ce que vous distinguez, dans le secteur des cosmétiques. Elle n'a même pas relevé la tête quand vous vous êtes installée.

« Parfait ! vous dites-vous. Je n'avais aucune envie de faire la conversation ! »

En revanche, vous vous rendez compte que vous mourrez de faim. C'est donc avec reconnaissance que vous acceptez le menu que vous tend le steward quelques minutes plus tard.

— Je vous laisse faire votre choix, vous dit-il en tournant les talons.

Vous baissez les yeux vers la carte et découvrez, stupéfaite, les plats qui vous sont proposés. Tout semble délicieux et hors de prix. Quelques minutes plus tard, vous faites signe au steward et lui annoncez que vous avez jeté votre dévolu sur le saumon fumé, puis la souris d'agneau et son riz sauvage.

— Ensuite, je prendrai du brie et pour finir, un Saint-Honoré, s'il vous plaît.

— Puis-je vous proposer un peu de vin, mademoiselle ? Ou bien une coupe de champagne ?

Vous acceptez volontiers la coupe de champagne – après tout, vous avez quelque chose à fêter… Vous portez intérieurement un toast à votre nouvelle résolution.

«Pour le moment, être plus spontanée me réussit plutôt bien!» songez-vous, en savourant le liquide doré et pétillant. Vous dévorez votre excellent repas devant un film policier. D'habitude, vous préférez les comédies romantiques… mais vous ne voulez pas vous arrêter en si bon chemin dans votre quête de nouveauté.

Un peu plus tard, la fatigue vous rattrape. Vous renoncez à visionner un second film, et vous préparez à dormir.

Ravie, vous constatez que la compagnie met à disposition des passagers de classe affaires une trousse de toilette contenant une sélection de produits de beauté, mais aussi des chaussons confortables et une couverture beaucoup plus douce que celle de la classe éco… Vous vous faites un plaisir de tout essayer, avant d'allonger votre siège en position lit.

Une fois le masque posé sur vos yeux, vous avez la sensation de vous trouver dans une chambre d'hôtel plutôt qu'à bord d'un avion. Pelotonnée sous la couverture, vous poussez un soupir de satisfaction. Dans quelques heures, vous serez à Los Angeles… pour des vacances qui ne pouvaient pas mieux commencer!

FIN

Que se serait-il passé si vous aviez fait des choix différents?

Pour le savoir, vous pouvez recommencer l'aventure en 1!

22

Les yeux toujours fermés, vous sentez votre cœur battre à toute allure. La boule d'angoisse qui s'est formée dans votre ventre ne veut plus vous quitter. Vous ne vous sentez pas prête à aller plus loin avec Jade. Tant que vous n'étiez pas active, vous avez pu oublier que votre partenaire était une femme. Mais à présent que votre excitation est retombée, vous le sentez : vous n'êtes pas prête à caresser la belle hôtesse.

Sans oser la regarder, vous récupérez votre culotte au bout de la couchette. Alors que vous vous contorsionnez pour l'enfiler sans que votre peau entre en contact avec celle de Jade, celle-ci vous tend votre soutien-gorge.

— Ne fais pas cette tête, vous chuchote-t-elle. Je ne t'ai rien demandé !

Vous rougissez jusqu'à la racine des cheveux en remettant votre soutien-gorge, puis votre robe. Vous êtes soulagée qu'elle le prenne de cette façon… Mais ça n'enlève rien au malaise que vous ressentez.

Vous vous levez précipitamment et vacillez sur vos jambes encore cotonneuses. D'un petit signe de main, vous dites au revoir à Jade, toujours allongée, entièrement nue, sur sa couchette. Vous comprenez qu'elle a l'intention de continuer sans vous dès que vous aurez refermé la porte. Encore plus gênée, vous quittez la couchette, puis l'espace de repos.

Une fois dans le couloir, vous poussez un soupir de soulagement. C'est très étrange de pouvoir prendre autant de plaisir, avant de se rendre brutalement compte que votre partenaire est une quasi-inconnue…

Vous empruntez l'escalier qui descend sur le pont inférieur, sans trop savoir quoi penser de ce qui vient de vous arriver. Vous ne regrettez pas, non… Et d'ailleurs, à mesure que vous descendez les marches, la gêne s'évanouit pour faire place à une délicieuse euphorie.

Si on vous avait dit que vous auriez une expérience avec une femme un jour, vous n'y auriez pas cru… Vous qui êtes toujours si sage! Mais si en plus, on vous avait dit que ce serait avec une sublime hôtesse de l'air, vous auriez carrément éclaté de rire.

Non, vraiment, c'était inattendu, intense… et très instructif!

«Mais je ne vais pas recommencer de sitôt!» songez-vous, en vous dirigeant vers votre place, le sourire aux lèvres.

Continuez en 16.

23

Vous vous écartez brusquement du copilote.

— Je suis flattée, Enrique, mais non… chuchotez-vous.

Tout est devenu bien trop réel tout d'un coup. Tant qu'il s'agissait de fantasme, vous vous sentiez à l'aise, séduisante, audacieuse… Mais en percevant son souffle sur votre nuque, vous avez su avec certitude que vous ne pourriez pas aller plus loin.

Le copilote recule, surpris.

— Je suis désolé, dit-il, soudain très sérieux. Je croyais sincèrement que nous étions sur la même longueur d'onde. J'ai compris, j'espère que vous ne m'en voulez pas…

Comme pour vous prouver sa bonne foi, il retourne immédiatement s'asseoir à son poste.

— Vous pouvez rester aussi longtemps que vous voudrez, ajoute-t-il. Je suis sûr que le commandant de bord ne verra pas d'inconvénient à votre présence. Je lui dirai que vous êtes une passionnée d'aviation !

Vous secouez la tête, avant de vous rendre compte qu'Enrique ne peut pas vous voir, tourné vers le tableau de bord.

— Non, non, répondez-vous, c'est très gentil, mais je préfère retourner à ma place. Merci encore de m'avoir laissé visiter le cockpit…

Enrique hoche la tête, visiblement désolé d'avoir mal jugé de la situation.

Gênée vous aussi, vous vous empressez de quitter le cockpit, le cœur battant. Vous étiez à deux doigts de céder au séduisant copilote de l'avion… « Et j'ai fui » vous dites-vous. Vous vous interrogez : pourquoi avez-vous ressenti ce besoin impérieux de faire machine arrière ? Peut-être Enrique ne vous plaisait-il pas suffisamment pour vous faire oublier votre réserve habituelle ? Quoi qu'il en soit, vous savez que vous avez bien fait. Être plus spontanée, oui. Se forcer à faire quelque chose que vous ne sentez pas, non !

Vous faites quelques pas vers l'escalier, avant de vous souvenir des consignes que vous a données Jade en quittant le cockpit. « Par où fallait-il que je passe, déjà ? Ah oui, le pont supérieur… »

Vous hésitez une seconde : l'escalier est là, juste devant vous ! Vous vous demandez si ça vaut vraiment la peine de parcourir tout l'avion quand il suffirait de passer discrètement par la première classe…

Allez-vous suivre les conseils de Jade et rejoindre votre place en passant par le pont supérieur en 67 ?

Ou bien préférez-vous emprunter l'escalier qui se trouve juste devant vous en 25 ?

24

— Je suis désolée, Jade, bredouillez-vous, mais je ne suis pas… enfin, je…

— Tu n'aimes pas les femmes ? Oui, je suis au courant, ne t'inquiète pas ! vous répond-elle en riant. Je ne te propose pas de devenir ma petite amie… Juste de passer un peu de temps de manière, disons… agréable !

Vous rougissez violemment : l'hôtesse vous regarde droit dans les yeux. Elle parle si librement que vous vous sentez tout à coup très prude.

— C'est très flatteur, marmonnez-vous, mais je ne crois pas que ce soit une bonne idée. Merci beaucoup pour la visite de l'avion, en tout cas. J'ai vraiment apprécié.

— Tant mieux, réplique Jade, avec une petite moue déçue. Veux-tu que je te raccompagne à ta place ou tu sauras retrouver ton chemin ?

— Merci Jade, répondez-vous, mais je pense pouvoir retrouver ma place sans trop de problèmes.

Après tout, il suffit de revenir sur vos pas. Et si vous n'avez pas vraiment le sens de l'orientation, au moins, vous avez une bonne mémoire !

Jade vous dit au revoir, avant d'entrer dans l'espace de repos, et vous tournez les talons pour regagner votre siège.

Vous traversez de nouveau la classe éco, puis la classe affaires, en évitant soigneusement l'allée à côté de laquelle est installé Louis Trachenberg. Par chance, vous ne croisez aucune hôtesse : vous n'aimeriez pas devoir expliquer votre présence !

Vous retrouvez l'escalier, descendez les marches, puis progressez dans le petit couloir qui passe entre les suites ultra-luxueuses des quelques privilégiés qui en profitent… Alors que vous venez de pénétrer dans l'espace de la première classe, vous apercevez un steward qui arrive face à vous. Prise de panique, vous regardez à droite et à gauche… et vous apercevez des toilettes !

« Sauvée ! », vous dites-vous, en vous y précipitant.

Continuez en 27.

25

Vous haussez les épaules. «De toute façon, qu'est-ce que je risque? Au pire, je me ferai sermonner par une hôtesse!» vous dites-vous en descendant la première marche. Vous parcourez de nouveau le petit couloir sur lequel donnent les suites privées hors de prix, puis vous passez un rideau et pénétrez dans l'espace de la première classe. Vous jetez un coup d'œil autour de vous: la plupart des passagers sont endormis… Mais en relevant la tête, vous repérez un steward qui arrive face à vous dans l'allée! Votre premier réflexe est de chercher un endroit où vous cacher… et justement, à un mètre de vous, vous apercevez la porte des toilettes!

«Exactement ce qu'il me fallait!» songez-vous, en ouvrant la porte.

Continuez en 27.

26

— Je vous remercie beaucoup tous les deux, je suis ravie d'avoir découvert les secrets de l'avion… mais je crois que je vais retourner à ma place, maintenant.

Enrique parodie un salut militaire.

— Bien reçu, mademoiselle !

Vous esquissez un sourire et suivez Jade hors du cockpit. Vous aimeriez remercier l'hôtesse une nouvelle fois, mais à peine est-elle sortie qu'une de ses collègues l'interpelle.

— On a besoin d'aide, ici !

Jade s'éloigne et vous restez figée sur place, sans savoir si vous devez la suivre ou non. Bientôt, des éclats de voix vous parviennent depuis la classe affaires, de l'autre côté du rideau de séparation. Visiblement, un des passagers a bu un peu trop d'alcool, et les hôtesses tentent de le raisonner…

La situation semble se calmer rapidement. Malgré tout, vous n'avez pas très envie d'aller le vérifier par vous-même, et vous décidez donc de repasser par le pont inférieur pour rejoindre votre place.

Arrivée au bas de l'escalier, vous traversez de nouveau l'étroit couloir – heureusement entièrement vide – qui dessert les suites privées avant de pénétrer en première classe.

Personne ne semble prêter attention à vous : la plupart des passagers dorment ou bien sont plongés dans leur lecture… Vous avancez dans l'allée en baissant la tête pour ne pas vous faire remarquer, quand soudain, on vous interpelle.

— Madame ? Que faites-vous ici ? interroge une hôtesse manifestement irritée. Cet espace est réservé aux passagers de premières classes, et il me semble que vous n'en faites pas partie ! ajoute-t-elle d'un ton hautain.

Vous commencez à bafouiller une excuse, quand tout à coup, une voix familière s'élève dans votre dos.

— C'est moi qui lui ai demandé de me rendre visite. C'est interdit ?

Vous vous retournez, et vous retrouvez nez à nez avec Mike, l'homme dont vous avez fêté l'anniversaire tout à l'heure ! Mais cette fois, il n'a plus du tout le regard doux qu'il posait sur sa femme… Non, il fusille l'hôtesse du regard.

C'est au tour de celle-ci de bégayer.

— Je… Pardon, j'ignorais… Je vous prie de m'excuser, madame, vous dit-elle avant de tourner les talons.

Vous souriez à Mike.

— Merci beaucoup, vous m'avez évité une humiliation publique ! Ils ne plaisantent pas, dans cet avion…

— J'ai horreur de ces gens qui vous considèrent en fonction de l'épaisseur de votre portefeuille ! explique

Mike. Si vous avez un problème, n'hésitez pas à nous appeler, mon épouse ou moi-même.

Vous le remerciez de nouveau chaleureusement, avant qu'il ne rejoigne sa place. Plus besoin de vous presser, maintenant, vous pouvez de nouveau assouvir votre curiosité en explorant la cabine luxueuse de la première classe.

« Tiens, je me demande comment sont leurs toilettes ? » songez-vous, en apercevant le pictogramme sur la porte, au bout de l'allée.

Riant intérieurement, comme une enfant qui prépare une bêtise, vous vous dirigez vers la porte.

« Et qu'est-ce qui m'empêche de les essayer, hein ? »

Continuez en 27.

27

Vous ne vous attendiez pas à ce que vous découvrez derrière la porte!

Les toilettes de la première classe n'ont rien à voir avec celles de la classe éco… Vous vous trouvez dans une vraie pièce, qui comprend deux espaces séparés. D'un côté, les toilettes proprement dites, de l'autre, un petit salon pour se rafraîchir : un canapé beige est installé à côté de la grande vasque blanche. Sur un comptoir en bois à côté du canapé, on trouve de petites serviettes blanches pliées, ainsi qu'un rayonnage de produits de beauté de grande marque : crème pour les mains, pour le visage, lingettes rafraîchissantes…

Vous entreprenez de tester tous les produits proposés, confortablement installée sur le petit canapé. Mais, alors que vous êtes en train d'appliquer une crème hydratante au caviar, la poignée de la porte tourne soudain dans le vide.

Vous savez ce que ça signifie : il est malheureusement temps de vous éclipser. Avec un soupir nostalgique, vous regardez autour de vous. Avant de partir, vous attrapez une brosse à dents et un mini-tube de dentifrice. «Je serai bien contente de les avoir demain matin!»

Vous vous recoiffez machinalement devant le miroir, et ouvrez la porte, en espérant que le passager qui a tenté d'entrer il y a quelques minutes se soit découragé et soit retourné momentanément à sa place.

Mais quand la porte coulisse, vous vous figez. Vous vous retrouvez nez à nez avec Edward Nolland, le célèbre acteur américain!

Voyant que vous ne bougez pas d'un pouce, il vous gratifie du sourire en biais qui l'a rendu si populaire.

— Désolé de vous avoir dérangé, vous lance-t-il, dans un français parfait.

— Oh! vous exclamez-vous sans réfléchir, vous parlez français?

— Un petit peu, répond-il sans aucun accent. Je suis Edward, ajoute-t-il, en vous tendant la main.

Vous ne pouvez retenir un petit rire.

— Oui… Je sais! J'imagine que je ne devrais pas vous dire ça, mais *Au nom de Lisa* est un de mes films préférés!

Vous avez débité cette phrase d'une traite, aussi gênée que ravie. «Il n'en a sûrement rien à faire… mais ce sera sans doute l'unique occasion de le lui dire!» songez-vous en avançant dans l'allée pour le laisser enfin passer.

Mais Edward n'a pas l'air ennuyé par votre déclaration: au contraire, il semble ravi.

— Je suis touché, déclare-t-il. C'est un film très spécial pour moi… Et peu de gens le connaissent.

Au lieu de mettre poliment fin à la conversation et d'entrer dans les toilettes, Edward s'adosse à la paroi, visiblement décidé à rester un peu avec vous. Il commence d'ailleurs par vous demander votre prénom.

La situation vous semble à la fois irréelle et absolument normale : l'attitude d'Edward est tellement naturelle qu'il réussit presque à vous faire oublier que vous êtes en train de discuter avec un des acteurs les plus *bankables* de la Planète.

Alors que vous êtes au beau milieu d'une grande explication sur votre personnage préféré dans le film, une voix féminine vous interrompt.

Vous jetez un regard noir à la jeune femme qui vient d'arriver. C'est une grande brune au regard vert, et elle sourit de toutes ses grandes dents, fascinée par Edward.

— Je suis désolée de vous interrompre, commence-t-elle en anglais avec une moue séductrice. Mais accepteriez-vous de me signer un autographe ?

« Évidemment, je ne pouvais pas être la seule à savoir qu'Edward Nolland était dans cet avion… » vous dites-vous en soupirant. Persuadée que l'acteur va préférer poursuivre sa conversation avec la charmante Américaine au profond décolleté, vous vous apprêtez à vous éclipser discrètement, mais il se tourne vers vous.

— Vous m'excusez une petite seconde ? vous demande-t-il, avec un air gêné.

Puis il se retourne vers la jeune femme, qui lui tend un feutre noir. Edward semble chercher un instant, puis demande :

— Sur quoi dois-je signer ?

La jeune femme glousse, et abaisse un pan de son décolleté pour dévoiler encore un peu plus sa poitrine généreuse.

— Je préférerais que vous le fassiez directement sur ma peau... roucoule-t-elle.

Sans sourciller, Edward s'exécute. Puis il se redresse et lui tend son feutre.

— Bonne fin de voyage, conclut-il, d'une voix neutre.

La jeune femme semble déçue, mais tourne les talons sans rien ajouter. Vous ne pouvez retenir un sourire satisfait.

— Je suis navré, reprend Edward. Mais si nous restons là, je ne peux pas vous assurer que ça ne se reproduira pas... poursuit-il en se grattant la tête. Est-ce que je peux vous inviter dans ma cabine pour poursuivre notre conversation?

Vous déglutissez, incrédule. Vous n'avez pas rêvé: Edward Nolland vient de vous inviter dans sa cabine privée!

— Je reviens tout de suite, vous lance-t-il, en entrant dans les toilettes.

Vous avez donc quelques minutes pour prendre votre décision. Accepter sa proposition, le suivre dans sa suite privée, vous retrouver seule avec lui... Ou bien retourner à votre place pour ne pas risquer d'être déçue par la réalité d'une icône du cinéma...

vol 6996 pour L.A.

Que décidez-vous?

Attendre l'acteur en 30 ou profiter qu'il se soit éclipsé pour lui fausser compagnie et retourner à votre place en 28?

28

Vous aviez toujours pensé que ce genre de questions ne se posait pas : quand Edward Nolland vous invite dans sa chambre, on dit oui ! Et merci, en prime. Mais dans la réalité, les choses semblent tout à coup un peu plus complexes…

D'abord parce que contrairement à ce qui se passe dans les contes de fées, vous savez que cette invitation ne débouchera vraisemblablement pas sur une grande histoire d'amour et un beau mariage en robe blanche…

Mais aussi parce que l'interruption de la groupie brune vous a fait réfléchir. C'est vrai, des milliers de filles rêveraient d'être à votre place… Et la vérité, c'est sans doute que nombreuses sont celles qui l'ont été !

Combien de fois cette scène s'est-elle déjà produite ? À combien de jeunes anonymes Edward a-t-il proposé un verre, un dîner ? Combien se sont senties uniques et privilégiées… alors qu'elles n'étaient finalement qu'un numéro dans une très longue liste !

À cet instant précis, vous vous rendez compte que votre décision est prise : vous n'avez pas envie de le suivre. Ce n'est pas vous. Vous n'êtes pas une groupie qui saute sur la première occasion.

Et puis s'il était nul au lit? Ou s'il avait mauvaise haleine? Vous ne pourriez plus regarder un seul de ses films sans y penser. «Un fantasme doit rester un fantasme!» vous répétez-vous, pour vous conforter dans votre choix, en tournant les talons.

Vous vous éloignez le long de l'allée avec un petit pincement au cœur. Pourtant, vous savez que vous avez pris la bonne décision, celle qui vous correspond vraiment. Même si vous vous êtes promis de faire des efforts pour être plus spontanée, céder à un homme que vous ne connaissez pas n'est tout simplement pas fait pour vous. Même si cet inconnu est un acteur mondialement célèbre!

Au fond de vous, vous savez que vous auriez rêvé de plus, que vous seriez tombée dans le panneau, espérant pendant des semaines, voire des mois un coup de téléphone ou une visite. En fin de compte, cette aventure de quelques heures vous aurait sûrement rendue malheureuse.

Vous résolvez donc de voir le verre à moitié plein. Après tout, il vous est tout de même arrivé une chose incroyable!

«Clara n'en reviendra pas quand je lui dirai que j'ai rencontré Edward Nolland en chair et en os, et que nous avons discuté!» songez-vous.

Soudain, vous regrettez de ne pas avoir pensé à lui demander une photo ou au moins un autographe. «Tant pis, Clara devra se contenter de me croire sur parole!» vous dites-vous en arrivant en classe éco, des étoiles plein les yeux.

Regagnez votre place en 29.

29

Vous souriez en découvrant Tom, votre séduisant voisin, profondément endormi. Vous vous glissez à côté de lui sans faire de bruit, puis vous étendez la couverture sur vos jambes, en calant le petit coussin orange derrière votre tête.

Vous allez enfin pouvoir faire ce que vous aviez prévu pour ce vol : rattraper votre retard cinématographique en visionnant une ou deux nouveautés !

Vous parcourez le menu, avant de trouver votre bonheur : la dernière comédie romantique du réalisateur de *Love Actually* !

« Exactement ce qu'il me faut ! » songez-vous en soupirant d'aise. Vous appuyez sur « play », et souriez en voyant apparaître le générique du début.

Ce vol a été plein de surprises, et malgré la promesse que vous vous étiez faite à l'aéroport, vous n'avez pas sauté sur les occasions qui se présentaient… mais vous ne le regrettez pas une seconde.

« Je ne vais pas me forcer à être quelqu'un d'autre ! » Vous ne cherchez pas une aventure sans lendemain au détour d'un couloir. Vous cherchez le grand amour.

Un homme qui vous aimera comme vous êtes: réfléchie, sérieuse, discrète.

En quelques minutes, vous êtes absorbée par le film. Pourtant, vous êtes si épuisée que vous n'en voyez pas la fin: vous vous endormez avant les retrouvailles de l'héroïne et de l'homme de sa vie…

Quand vous vous réveillez, les hôtesses sont en train de servir le petit-déjeuner. Vous vous étirez avant de passer machinalement la main dans vos cheveux pour vous recoiffer.

— Bien dormi?

Vous vous tournez vers votre voisin, dont la beauté est toujours aussi éblouissante, même après une nuit en avion!

«Je n'imagine même pas à quoi je ressemble!» vous dites-vous, avant de décider que ça n'a aucune importance.

— Très bien! déclarez-vous, souriante. Et vous?

— Vous n'allez pas me croire, vous chuchote-t-il avec un sourire malicieux, mais notre voisine ronfle!

Du menton, Tom désigne Vanessa, qui dort encore profondément, son masque posé de travers sur ses yeux, la bouche ouverte et le rouge à lèvres étalé sur la joue…

Vous éclatez de rire. «C'est l'inconvénient de se maquiller comme une voiture volée pour prendre l'avion» songez-vous, triomphante.

Vous acceptez avec reconnaissance le café que vous propose l'hôtesse, qui arrive à ce moment-là. Puis vous mordez dans votre croissant industriel avec appétit.

— Je ne vous ai même pas demandé ce que vous alliez faire à Los Angeles?

Vous souriez à Tom, ravie à l'idée de revoir Clara dans si peu de temps.

— Je retrouve ma meilleure amie que je n'ai pas vue depuis deux ans! expliquez-vous. Et vous?

— Oh, moi c'est beaucoup plus ennuyeux... J'assiste à un congrès sur le sommeil!

Une lueur malicieuse passe alors dans les yeux verts de votre voisin, aussitôt suivie par un large sourire. Vous avez l'impression que quelque chose vous échappe.

— Pourtant, on dirait que ça vous amuse beaucoup? interrogez-vous, avec une moue perplexe.

Tom se penche vers vous et chuchote :

— Je dois vous avouer quelque chose...

Vous écarquillez les yeux, surprise par ce soudain rapprochement, et curieuse de découvrir ce qui va suivre.

— Vous parlez en dormant !

Vous vous sentez aussitôt rougir jusqu'à la racine des cheveux. Ce n'est malheureusement pas la première fois que ça vous arrive, mais vous n'y aviez absolument pas pensé en vous endormant, quelques heures plus tôt.

— Qu'est-ce que j'ai dit? demandez-vous, anxieuse.

— Ne vous inquiétez pas, vous répond Tom, avec un sourire où vous croyez détecter une certaine fierté. Ce n'est pas si embarrassant que ça... Mais il se peut que vous ayez prononcé mon prénom... Et quelques autres petites choses...

Son sourire s'élargit encore. Vous êtes partagée entre la gêne et la colère : il s'amuse un peu trop de votre embarras !

— Vraiment, insiste-t-il, c'était charmant. Et si vous tenez tant à ce que ça à savoir ce que vous avez marmonné cette nuit... je veux bien vous le raconter autour d'un bon dîner !

Vous aviez ouvert la bouche pour protester, mais ces derniers mots vous coupent dans votre élan. Vous rougissez de nouveau, mais cette fois, ce n'est pas seulement parce que vous êtes gênée... Tom aimerait vous revoir !

Tandis que vous êtes changée en statue de sel, votre voisin se penche et farfouille dans son sac, avant de brandir, triomphant, une carte de visite. Puis il attrape un stylo pour y griffonner quelque chose.

— Voilà, annonce-t-il en vous la tendant. Je vous ai noté le nom de l'hôtel où je loge. Appelez-moi là-bas...

Vous réussissez à vous ressaisir suffisamment pour attraper la carte. Vous êtes partagée entre l'incrédulité et la joie... Visiblement, votre inconscient a bien mieux réussi que vous à faire connaissance avec votre charmant voisin !

Vous hochez la tête, toujours muette. Vous ne pouvez qu'imaginer les phrases qu'a entendues Tom cette nuit... Heureusement pour vous, la diversion que vous espériez tombe du ciel – ou plutôt des haut-parleurs !

— Mesdames et messieurs, veuillez regagner vos places et attachez vos ceintures, nous allons entamer notre descente.

La voix de l'hôtesse réveille peu à peu les quelques passagers encore endormis.

Vous envoyez un sourire un peu tremblant à Tom, avant de glisser sa carte dans votre sac à main. À sa gauche, Vanessa bâille bruyamment.

Comme vous vous y attendiez, le premier réflexe de la jeune femme est de se précipiter sur son miroir de poche. Constatant les dégâts, elle entreprend de se démaquiller, puis d'appliquer une nouvelle couche de rouge à lèvres dans la foulée.

Tout ce manège laisse le temps à Tom de reprendre votre conversation, en l'entraînant cette fois-ci sur un terrain beaucoup plus neutre, comme s'il cherchait à vous rassurer. Vous discutez donc de votre semaine de vacances à venir, jusqu'à ce que les roues de l'avion touchent la piste d'atterrissage.

Vous êtes aux anges. Dans quelques minutes, vous allez retrouver Clara, et lui raconter ce vol hors du commun... ainsi que tous les détails de votre rencontre avec le beau Tom. Et d'ici quelques jours, vous irez dîner avec l'homme idéal !

Décidément, ces vacances ne pouvaient pas mieux commencer !

FIN

Que se serait-il passé si vous aviez fait d'autres choix ?

Pour le savoir, il suffit de recommencer en 1 !

30

À peine la porte des toilettes s'est-elle refermée sur le bel Edward que votre décision est prise. Bien sûr que vous allez le suivre dans sa suite privée! Si vous n'êtes pas spontanée maintenant, alors vous ne le serez jamais!

Vous avez beau vous demander pourquoi l'acteur n'a pas fait cette proposition à la jolie brune venue lui demander un autographe… Quelles que soient ses raisons, vous n'allez pas laisser passer cette occasion unique.

Quelques minutes plus tard, Edward ouvre la porte coulissante.

— Merci de m'avoir attendu! Je vous emmène? Ce n'est pas loin, juste derrière ce rideau, la deuxième porte à droite.

Vous souriez, en pensant qu'en fin de compte, vous allez pouvoir visiter une de ces mystérieuses cabines privées…

Edward ouvre la porte et vous précède.

— Je suis désolé, annonce-t-il, l'hôtesse est déjà passée pour déplier le lit. Vous voulez que je lui demande de revenir?

— Non, non, je vais m'asseoir là-bas! proposez-vous, en désignant le siège confortable situé juste derrière le lit.

Vous vous faufilez, en essayant de ne pas trop montrer à quel point vous êtes impressionnée – non seulement par le luxe de la cabine, mais surtout par l'acteur lui-même!

La pièce fait la taille d'une petite chambre, dont la majeure partie est à présent occupée par un lit deux places, sur lequel ont été tendus des draps blancs, simplement ornés d'une fine bande dorée. Vous remarquez que l'hôtesse a également parsemé le lit de pétales de roses. Vous souriez en voyant un blouson en cuir au pied du lit.

«Pas vraiment raccord avec l'ambiance… mais tellement plus sexy!» vous dites-vous en vous installant dans le fauteuil, jambes croisées.

Edward enlève ses boots en cuir et s'assoit en tailleur sur le lit, puis il tend la main vers le combiné posé sur la petite table de nuit.

— Mademoiselle? demande-t-il. Vous pourriez nous apporter une bouteille de champagne s'il vous plaît?

Vous ne pouvez retenir une grimace gênée alors qu'il raccroche. Le champagne et les pétales de fleur, ça ne lui ressemble pas. Ce cliché romantique vous met mal à l'aise. Vous étiez si détendue dans le couloir, votre discussion si naturelle. Et voilà que tout à coup, vous avez l'impression de jouer un rôle. Dans un film de série B.

Vos émotions doivent se lire sur votre visage, car Edward se gratte la tête, gêné.

— Je pensais que ça vous ferait plaisir, explique-t-il. Mais visiblement, je me suis trompé…

Vous faites une petite moue.

— Ne vous sentez pas obligé de changer vos habitudes pour moi, murmurez-vous, en vous demandant si vous ne vous êtes pas fait de fausses idées sur l'acteur.

Vous le preniez pour un esprit libre, un rebelle… mais peut-être est-il beaucoup plus conventionnel.

Edward vous regarde, visiblement hésitant. Soudain, il décroche de nouveau le combiné.

— Mademoiselle? Annulez le champagne et apportez-nous une bouteille de vodka. Merci! J'espère que vous aimez ça, ajoute-t-il en se tournant vers vous. C'est ce que je bois d'habitude.

Vous hochez la tête, tout de suite plus détendue. Personne ne s'attend à de grandes envolées lyriques quand on boit de la vodka… Vous avez moins l'impression de jouer une scène écrite d'avance. Et ça ressemble bien plus à ce que vous aviez imaginé de l'acteur.

Edward reprend la conversation, essayant visiblement de vous mettre à l'aise. Vous avez vu tous ses films, même les courts-métrages qu'il a réalisés, et vous êtes ravie qu'il vous raconte les coulisses des tournages. Vous êtes agréablement surprise de voir qu'il est aussi intelligent qu'on le dit. Avec un physique pareil, il aurait pu se contenter des rôles de jeunes premiers… Pourtant, il a toujours suivi un chemin parallèle, alternant le cinéma indépendant et les films hollywoodiens à gros budgets.

Soudain, vous êtes tétanisée par la pensée qui vous traverse l'esprit: son ex-petite amie, l'actrice Selma Flores, est une des plus belles femmes du monde, et elle est réputée pour sa plastique parfaite… Il doit vous trouver absolument quelconque! Vous vous êtes sans doute fait des idées en imaginant qu'il pourrait se passer quelque chose entre vous; il doit seulement chercher à passer le temps pendant ce long vol.

L'hôtesse qui frappe à la porte à ce moment-là est une distraction bienvenue. Vous essayez de faire bonne figure, mais le regard méprisant qu'elle vous lance montre clairement ce qu'elle pense de vous: une groupie prête à tout pour approcher la star.

Vous êtes ravie de constater qu'Edward ne lui accorde même pas un regard. Il la remercie poliment, puis verse une dose d'alcool dans chacun des deux verres à shot qui se trouvent sur le petit plateau d'argent.

— *Cheers*! dit-il en vous en tendant un.

Trinquez avec Edward en 31.

31

Vous levez le petit verre et avalez son contenu d'une traite. Alors que vous reconnaissez la familière sensation de brûlure dans votre gorge, vous êtes étonnée par l'arôme subtil de la boisson. Curieuse, vous regardez l'étiquette de la bouteille, mais la marque ne vous dit rien.

— C'est une vodka produite en très petite quantité en Russie, vous explique Edward, par une famille dont c'est le métier depuis des générations.

— J'aurais dû m'y attendre! répondez-vous en riant. Ici, tout est très loin de mon univers habituel. On ne vit pas dans le même monde, vous et moi…

Edward secoue la tête.

— Au contraire. C'est votre monde qui est réel, et c'est là que je veux vivre. Le mirage, c'est Hollywood…

L'acteur vide à son tour son shot d'un trait et vous ne pouvez retenir un petit rire. Edward vous regarde d'un air interrogateur.

— C'est exactement comme la scène dans *Au nom de Lisa*! expliquez-vous. Vous êtes au bar, en train de boire pour oublier, quand soudain, elle entre…

En une seconde, l'expression de l'acteur se transforme du tout au tout. Son regard semble incertain, sa tête trop lourde pour tenir droite. Il bredouille, exactement sur le même ton que dans cette scène du film :

— *Lisa? ... Tu viens voir le déchet, c'est ça?*

Edward lève son verre, avant de l'abattre violemment sur le lit, comme si c'était le comptoir du bar.

Vous êtes soufflée par sa capacité à incarner ainsi son personnage, sans une seconde d'hésitation. Vous avez très envie de vous lancer vous aussi. Après tout, vous connaissez cette scène par cœur, non? Tout le film, même, pour être honnête. «Je suis capable de dépasser ma timidité, songez-vous. Plutôt que de me focaliser sur le risque d'être ridicule, pourquoi ne pas profiter du moment présent?» L'alcool aidant, vous vous décidez à rentrer dans son jeu. Vous prenez une profonde inspiration, avant de vous composer un masque de regrets.

— *Non, Damian, si je suis là... c'est parce que...*

Vous vous penchez par-dessus l'accoudoir du fauteuil pour attraper la main d'Edward, impressionnée par le courage que vous donne le fait de jouer une scène de film.

—*... je veux que tu reviennes. Je me suis trompée... C'est toi que j'aime...*

Vous frémissez en pensant à ce qui se déroule ensuite dans cette scène. Damian attire à lui Lisa, passe la main dans ses cheveux et l'embrasse avec toute la ferveur de celui qui a attendu ce moment depuis des années.

Pendant quelques secondes, Edward vous regarde, et le cœur battant, vous espérez qu'il s'approche de vous. Mais soudain, un grand sourire envahit son visage.

— Hé! dit-il, vous n'êtes pas mauvaise, dites donc!

— Oh, je suis sûre que vous dites ça à toutes vos fans… rétorquez-vous en riant, avant de tendre votre verre pour qu'il le remplisse à nouveau. D'ailleurs, la brune au décolleté de tout à l'heure avait l'air d'être une merveilleuse actrice…

Edward rit de bon cœur, puis il plonge son regard droit dans le vôtre.

— J'espère que vous me permettrez de faire le casting moi-même… Et sans aucune hésitation, c'est vous que je préfère!

Vous baissez les yeux, troublée. Comme vous ne savez pas quoi répondre, vous tendez votre verre. L'acteur vous ressert tous les deux.

Pendant l'heure qui suit, la conversation rebondit de sujets en sujets, et vos verres se vident régulièrement. Peu à peu les paroles d'Edward vous semblent de plus en plus confuses… et ses lèvres, de plus en plus attirantes. Ça fait bien dix minutes que vous ne le regardez plus dans les yeux, préférant vous laisser bercer par les fantasmes qui ont envahi votre esprit.

— Ça ne vous ennuie pas si je m'assois sur le lit? demandez-vous tout à coup, quand vous sentez que la pièce se met à tourner.

— Non, pas du tout, souffle-t-il. Au contraire.

Alors qu'il prononce ses derniers mots, vous avez l'impression que son regard s'assombrit.

Vous vous levez du fauteuil, en espérant ne pas trébucher. Edward ne fait même pas mine de se reculer pour vous laisser de la place quand vous le rejoignez. Vous n'êtes plus qu'à dix centimètres de lui à présent.

« Même sa peau est parfaite, pensez-vous en l'observant. Je me demande s'il va en institut de beauté?»

L'idée du séduisant acteur avec un masque à l'argile verte sur le visage vous fait éclater de rire.

— J'aime beaucoup votre rire, murmure-t-il, en se rapprochant. Et votre bouche aussi, d'ailleurs.

— Je… merci…, bredouillez-vous en rougissant.

Vous avez l'impression d'être paralysée. Vous en êtes sûre, dans quelques secondes, vous embrasser. Mais ce baiser sera-t-il à la hauteur du mythe qu'il représente? Ne risquez-vous pas d'être déçue? L'espace d'une seconde, vous vous posez la question.

Allez-vous décider de partir pour ne pas risquer d'être déçue, en 34?

Ou bien rester et retenir votre souffle en 32?

32

Edward se penche vers vous. Vous sentez sa respiration sur votre visage, seuls quelques petits centimètres séparent vos lèvres.

— Vous être une femme magnifique, chuchote-t-il. Et j'ai très envie de vous.

C'en est trop pour vous. Immédiatement, vous sentez une chaleur familière se répandre dans votre ventre. Vous ne pouvez pas attendre plus longtemps. Vous passez la main derrière la nuque d'Edward pour l'attirer vers vous. Ses lèvres sont douces et chaudes, sa langue pressante s'empare de votre bouche, et vous fermez les yeux, enivrée autant par l'alcool que par son baiser.

Vous sentez sa respiration s'accélérer, et sans que vous compreniez comment, vous vous retrouvez assise sur lui. Pressée contre son torse musclé tandis qu'il embrasse votre cou, sa barbe de trois jours mordant délicieusement votre peau sensible, vous perdez peu à peu conscience de tout ce qui vous entoure.

Vous poussez un gémissement qui ne fait qu'augmenter sa fougue. Ses mains remontent le long de vos cuisses et relèvent votre robe, qu'il fait passer au-dessus de votre tête. L'air froid de la cabine vous fait frissonner tandis qu'Edward vous repousse délicatement sur le lit. Vous sentez la fraîcheur des draps contre votre dos, la pièce tangue légèrement autour de vous.

Edward ôte son t-shirt noir, et vous découvrez en chair et en muscles le torse nu que vous avez si souvent admiré à l'écran, ses pectoraux et ses abdominaux parfaitement dessinés.

Ses yeux sombres vous dévorent, vous avez l'impression d'être face à un animal sauvage, tout en instinct. Alors que vous tendez les bras pour l'attirer vers vous, il secoue la tête.

— Un peu de patience, souffle-t-il à l'oreille.

D'une main, il plaque vos poignets au-dessus de votre tête.

— Ne bougez plus, ajoute-t-il, et vous avez soudain l'impression d'être un suspect entre les mains du détective qu'il a souvent interprété à l'écran.

Sa main droite descend vers votre poitrine, agace un moment un de vos tétons, puis poursuit son mouvement. Il caresse votre ventre avec une insupportable lenteur, et malgré vous, vous levez le bassin. Edward se contente de sourire, en secouant de nouveau la tête.

Puis il plaque soudain sa main sur votre sexe, et exerce plusieurs pressions rapides. Vous gémissez une nouvelle fois, plus fort. Le tissu de votre culotte est trempé à présent, et colle à votre chair, ne cachant plus aucun détail de votre anatomie. À travers le tissu, ses doigts effleurent vos lèvres. Il lâche vos poignets pour maintenir votre bassin en place.

Vous avez abandonné toute gêne et murmurez :

— Je vous en prie…

— Quoi? demande-t-il, amusé.

Incapable d'en dire plus, vous vous contentez de le regarder droit dans les yeux, espérant qu'il y lira l'urgence que vous ressentez dans tout votre corps.

Enfin, il se décide à faire glisser votre culotte. Puis, après avoir écarté largement vos jambes, il revient poser une main sur votre bassin pour contrôler vos mouvements. Il se penche, pour embrasser vos seins, votre ventre.

La seule idée de ce qu'il s'apprête à faire vous arrache un nouveau gémissement.

Quand sa bouche se pose sur votre fente, vous avez l'impression qu'un courant électrique parcourt tout votre corps. Vous ne pouvez plus garder vos mains au-dessus de la tête, vous les plongez dans ses cheveux, ne souhaitant qu'une chose : qu'il continue.

Sa langue fouille votre sexe, écarte vos lèvres et déniche votre clitoris, qu'il se met à aspirer délicatement. Vous sentez le plaisir monter en flèche. Ses doigts rejoignent bientôt sa langue, et l'alternance des sensations et des pressions sur votre bourgeon achève de vous emporter.

Vous fermez les yeux et jouissez en poussant un cri que vous ne cherchez même pas à étouffer.

Quand vous rouvrez les yeux, Edward est nu à côté de vous et tient dans son poing son sexe dressé. L'orgasme a levé vos dernières inhibitions. Vous vous avancez pour caresser sa queue et il vous laisse la place avec un soupir satisfait. D'un geste, vous lui demandez de s'allonger sur le dos. Il s'exécute, en vous tendant un préservatif. Vous le mettez en place rapidement, avant d'enfourcher votre partenaire. Guidant sa queue d'une main, vous caressez de son gland l'entrée de votre sexe, puis l'introduisez en vous et descendez lentement, très lentement en gardant les yeux fermés. Centimètre après centimètres, vous sentez sa queue épaisse vous pénétrer. Puis vous ouvrez les yeux sur le visage d'Edward. Ses traits, transformés par le plaisir, sont encore plus beaux. Vous ne voulez oublier aucune image de cette rencontre, aucun détail de son corps. Contrôler ainsi le rythme de son plaisir est une sensation enivrante.

Vos mouvements de bassin, d'abord lents, accélèrent progressivement. Sa respiration suit le rythme, et vous sentez la jouissance monter inexorablement. Il ne peut se retenir, son bassin se tend vers vous et il agrippe vos hanches pour vous faire aller et venir sur lui, et plonger violemment au plus profond de vous.

Soudain, son visage se crispe, il ouvre la bouche et se fige avec un gémissement. Vous sentez la chaleur de son orgasme envahir votre sexe alors que vous vous immobilisez, gravant cet instant, dans votre mémoire et que vous jouissez à votre tour, pour la seconde fois.

Enfin, il rouvre les yeux, et vous vous laissez glisser à côté de lui sur le lit. Il attrape les draps défaits et les remonte sur vous.

— Il ne faudrait pas que vous attrapiez froid, murmure-t-il à votre oreille.

«Je profite encore quelques minutes, puis je retourne à ma place, vous promettez-vous. Hors de question qu'il soit obligé de me demander de partir!»

Vous fermez les yeux un instant en 33.

33

Quand vous rouvrez les yeux, vous comprenez tout de suite qu'il s'est écoulé beaucoup plus que quelques instants. Vous vous êtes endormie!

«J'espère que je n'ai pas ronflé!» songez-vous immédiatement. Mais quand vous jetez un coup d'œil à celui dont vous partagez le lit, vous constatez qu'il est profondément endormi. C'est le moment idéal pour vous éclipser: rien ne doit venir gâcher la perfection de ce que vous venez de vivre, et vous ne savez pas comment Edward se comportera à son réveil…

Vous retrouvez votre petite culotte en boule à vos pieds et votre robe sur le sol. Vos chaussures sont toujours au pied du fauteuil, et vous devez vous contorsionner pour les récupérer sans réveiller Edward.

Une fois rhabillée, et sommairement recoiffée, vous jetez un dernier coup d'œil à l'acteur endormi. «Il est encore plus sexy en vrai qu'à l'écran… », vous dites-vous, toujours aussi incrédule.

Le sourire aux lèvres, vous quittez la cabine. Mais alors que vous refermez la porte, vous tombez nez à nez avec l'hôtesse qui vous a servi la vodka, quelques heures plus tôt. Vous vous apprêtez à encaisser un commentaire narquois, mais à votre grande surprise, elle vous propose de terminer le voyage en première !

— Nous avons une place inoccupée, si vous le souhaitez, je peux vous y installer, mademoiselle.

Visiblement, le fait de passer la nuit avec une star vous donne le droit à des égards particuliers… Après tout, pourquoi refuser ? Vous acquiescez et rejoignez donc un de ces extraordinaires fauteuils moelleux équipés de toutes les options imaginables.

La jeune femme ayant proposé d'aller récupérer vos affaires, vous n'avez à vous occuper de rien. Vous vous pelotonnez sous la douce couverture en cachemire, prête à vous rendormir, quand vous entendez le bruit caractéristique du chariot des hôtesses. Le petit-déjeuner va bientôt être servi… Autant ne pas se rendormir, décidez-vous. D'autant que vous êtes curieuse de découvrir le petit-déjeuner de luxe réservé aux passagers de première !

Dans une heure maintenant, vous serez à Los Angeles. Vous hésitez encore : allez-vous raconter votre aventure extraordinaire à Clara ou garder ce secret pour vous ? Quoi qu'il en soit, vous êtes fière de vous… Vous vous étiez promis de passer des vacances inoubliables, de lâcher prise, de vous prouver que vous pouviez être spontanée… On peut dire que, pour le moment, c'est franchement réussi !

Qui sait, peut-être que ces vacances sont en réalité le début de votre nouvelle vie?

FIN

Curieuse de savoir ce qui se serait passé si vous aviez pris d'autres décisions?

N'hésitez pas à recommencer le voyage en 1!

34

Vous avez souvent fantasmé sur ce moment, où vos lèvres ne seraient plus qu'à quelques centimètres de celles de l'acteur, annonçant un baiser passionné, une étreinte emportant tout sur son passage. Pourtant, à présent que ce rêve est à portée de main, vous n'êtes plus si enthousiaste…

Alors que vous devriez être impatiente, la seule chose à laquelle vous pensez, c'est au nombre de jeunes femmes à qui il a dû faire exactement le même numéro avant vous. Des dizaines d'autres, des centaines peut-être, qui se sont senties uniques, privilégiées…

Finalement, si vous cédez à son charme, vous ne serez plus qu'une groupie parmi d'autres, votre visage se perdra dans la multitude de ses conquêtes.

Vous reculez brusquement.

— Merci beaucoup pour la vodka ! déclarez-vous d'une traite, en ramassant vos chaussures au pied du lit.

Edward vous observe, stupéfait, alors que vous vous levez de votre fauteuil et vous dirigez vers la porte de sa cabine.

— Et bonne fin de voyage! lancez-vous, d'un ton volontairement enjoué.

Avant même que l'acteur n'ait le temps de répondre quoi que ce soit, vous êtes dans le couloir. En sécurité.

— Tout va bien, mademoiselle?

Vous sursautez avant de faire volte-face: c'est l'hôtesse qui vous a servi la vodka un peu plus tôt.

Le nez baissé, vous bredouillez que vous allez rejoindre votre place, certaine qu'elle va en profiter pour vous dire tout le mal qu'elle pense de vous... Aussi vous restez bouche bée quand elle vous propose de vous installer en première pour la fin du trajet!

— Je... merci beaucoup! bégayez-vous, en la suivant jusqu'à l'une des petites niches ultra-luxueuses.

Sous vos yeux ébahis, l'hôtesse convertit l'immense fauteuil en lit une place, et vous tend une couverture. Quand vous sentez la matière sous vos doigts, vous en êtes certaine: elle est en cachemire.

— Je vous souhaite une bonne nuit, mademoiselle. N'hésitez pas si vous avez besoin de quoi que ce soit.

Vous ne savez pas si vous avez rêvé ou si c'est bien une lueur amusée que vous avez décelée dans le regard de l'hôtesse... Peut-être est-elle ravie que vous n'ayez pas cédé à l'acteur hollywoodien? Qui sait...

Peu importe pour quelle raison vous avez été surclassée, décidez-vous, vous n'avez plus qu'à profiter de ce luxe inattendu! C'est sûr, dans ces conditions, la nuit va être reposante!

Après avoir expliqué à l'hôtesse où se trouvaient vos affaires pour qu'elle puisse vous les rapporter, vous vous pelotonnez sous la couverture, ajustez un oreiller moelleux sous votre tête, et fermez les yeux. Vous avez vraiment l'impression d'être dans une vraie chambre : le lit est large et confortable, vous ne ressentez aucune vibration, le bruit des moteurs est à peine perceptible… Ce sont vraiment des conditions de voyage exceptionnelles.

Vous avez encore un peu la tête qui tourne, mais cette brusque montée d'adrénaline a un peu dissipé les effets de la vodka. À présent, vous sentez la fatigue prendre le dessus. Vous ne savez trop que penser de tout ce qui vous est arrivé depuis le décollage. Bien sûr, une petite voix dans votre tête vous dit que – comme toujours – vous n'avez pas voulu prendre de risque. Mais vous n'êtes pas entièrement convaincue. Pour être honnête, vous avez même l'impression d'avoir fait les bons choix.

Plus ce voyage avance, plus vous sentez que vous aviez tort en essayant d'agir contre votre nature. C'est votre vie qui ne vous convient pas. Pas votre caractère ! Vous jeter dans les bras du premier venu ne vous aiderait certainement pas à aller mieux ou à avoir une plus haute estime de vous.

Vous souriez. « À chacune sa façon de chercher le bonheur, après tout. Peu importe si Clara se moque de moi… J'attends le Prince Charmant. » Mais puisqu'il prend son temps, vous avez pris une décision.

Dans une poignée d'heures, vous atterrirez à Los Angeles… Ce sera le début de vos vacances, mais aussi le début d'une nouvelle vie. Vous avez hâte d'y être!

FIN

Que se serait-il passé si vos décisions avaient été différentes?

Pour le savoir, c'est en 1!

35

Même si ces deux imbéciles imbus d'eux-mêmes vous donnent envie de hurler, vous vous souvenez que vous êtes coincée dans cet avion pour les douze prochaines heures… Ce n'est pas vraiment l'endroit idéal pour provoquer un esclandre ni la meilleure façon de vous détendre pour commencer vos vacances, d'ailleurs!

«De toute façon, cette hôtesse doit être habituée, je suis sûre qu'elle saura très bien s'en sortir toute seule!» vous dites-vous.

Vous tournez les talons, non sans regretter de ne pas avoir pu au moins prendre un verre de vin.

De toute façon, vous avez beaucoup mieux à faire que de vous énerver sur deux inconnus qui ne méritent pas tant d'attention. Pour commencer, il faut que vous trouviez un prétexte pour engager la conversation avec Tom, votre beau voisin… En y pensant, vous n'avez sans doute même pas besoin d'être très originale. Pourquoi ne pas tout simplement lui poser des questions sur le but de son voyage?

Rejoignez votre place en 37.

— Oh, c'est très gentil, mais ne vous embêtez pas pour moi! protestez-vous, en vidant votre verre de Martini. J'ai prévu de me reposer pendant le vol.

Jade semble déçue, mais acquiesce.

— Vous avez raison, c'est le mieux à faire sur les long-courriers, parole d'hôtesse!

Avec un petit sourire gêné, vous vous levez et tournez les talons. Vous avez l'étrange sensation que l'hôtesse détaille votre silhouette alors que vous vous éloignez…

Même si Jade est une jeune femme charmante – et que le fait qu'elle vous trouve à son goût vous trouble bien plus que vous ne vous y attendiez –, vous devez tout de même vous rendre à l'évidence : vous avez bien plus envie de faire la connaissance de Tom, votre charmant voisin!

Vous refusez de laisser passer l'occasion incroyable que le hasard a mise sur votre chemin. «C'est le moment ou jamais d'oser!» vous dites-vous.

Et puis ce petit intermède avec Jade vous a vraiment donné la sensation d'être en vacances. Plus

détendue, c'est le moment ou jamais de tenter de sé-
duire un bel inconnu… non?

Vous pressez le pas pour rejoindre votre place en
37.

Lorsque vous parvenez à votre siège, Tom, votre séduisant voisin est en pleine conversation avec Vanessa, la rousse au profond décolleté.

Vous aimeriez trouver le moyen de vous immiscer dans leur conversation. «Mais comment faire? songez-vous, en vous asseyant. Je ne peux quand même pas les interrompre directement… »

Par chance, vous n'avez pas besoin de vous creuser la tête : c'est Tom qui se tourne vers vous de lui-même.

— J'ai eu peur que vous ratiez le repas, vous dit-il.

— Oui, on pensait que vous aviez changé de place, ajoute Vanessa avec un sourire hypocrite.

« On ? » Cette façon de faire comme si Tom et elle se connaissaient vous horripile.

— Pas du tout, répondez-vous, j'étais juste allée me promener un peu… Vous savez, il y a beaucoup de choses à voir sur un A380. Vous devriez aller faire un tour, Vanessa.

C'est à votre tour de sourire à la jeune femme… qui semble parfaitement saisir le message, alors que

Tom, lui, ne remarque pas une seconde les sous-entendus de vos échanges.

Vous jetez un coup d'œil dans l'allée, et vous constatez que les hôtesses ont effectivement commencé à distribuer les plateaux-repas.

— En même temps, je ne sais pas si ça aurait vraiment été un mal de rater le dîner, reprenez-vous avec une petite moue, bien décidé à ne pas laisser l'ébauche de conversation entamée avec votre voisin se terminer là.

— Ça ne peut pas être pire que ce à quoi je suis habitué, répond Tom en riant.

— Il est chirurgien! s'empresse de vous informer Vanessa, aussi fière que si elle était en train de vous présenter son mari.

Vous aimeriez bien trouver une réplique assassine pour que la bimbo vous laisse faire tranquillement connaissance avec Tom, mais vous êtes interrompue par l'hôtesse qui vous tend vos plateaux-repas.

Vous observez rapidement son contenu : un petit pain rond de cantine, une salade niçoise informe, un blanc de poulet accompagné de riz et de haricots verts qui a l'air mangeable, et un gâteau au chocolat qui réussit à vous faire envie. «Pas si mal, finalement. Je m'attendais à pire... »

Vous refusez de laisser la présence de votre voisine rousse vous intimider ou vous déstabiliser. Au contraire, vous saisissez la perche qu'elle vous a obligeamment tendue.

— Alors vous êtes chirurgien? interrogez-vous. Vous exercez à Paris?

Tom hoche la tête, enthousiaste. Il vous apprend qu'il est neurochirurgien dans un CHU. Alors qu'il parle de son métier, son visage s'anime, et il devient beaucoup plus bavard. «C'est drôle, vous dites-vous en l'écoutant, on sait bien qu'il y a des gens qui font ce genre de métier, mais on imagine toujours qu'ils sont très différents de nous, un peu comme des superhéros… On ne s'attend pas à se retrouver assise à côté de l'un d'eux par hasard, dans un avion!»

Malheureusement pour vous, Vanessa trouve elle aussi le parcours du médecin fascinant, et elle ne se prive pas pour lui poser toutes les questions qui lui passent par la tête.

— Mais alors, vous ouvrez la tête des gens? demande-t-elle, avec une petite moue, mi-fascinée mi-dégoûtée.

— J'opère le cerveau, oui, répond Tom.

— Vous avez toujours voulu être médecin? demandez-vous, aussi curieuse de comprendre comment on choisit une profession aussi exigeante que désireuse de reprendre l'ascendant dans la conversation.

Tom sourit.

— Aussi loin que je me souvienne, déclare-t-il. Mes parents ont des tas de photos de moi en train d'ausculter ou d'opérer mes peluches…

Vous essayez d'imaginer Tom enfant.

— Vous deviez être adorable! s'exclame Vanessa, qui ne semble absolument pas prête à abandonner la partie, alors qu'il vous semble évident que votre voisin est plus gêné que réceptif à son numéro de ravissante idiote.

Elle bat des cils, en posant la main sur le bras de Tom.

Il vous semble que ce dernier a un léger mouvement de recul avant de répondre :

— En fait, je crois que j'agaçais un peu mes parents. Ils m'ont toujours dit que j'étais tête en l'air, dans mon monde… Et puis c'était un vrai budget en peluches !

Mais Vanessa n'a visiblement pas envie de s'attarder sur l'enfance du beau médecin.

— Et c'est vrai qu'à l'hôpital, tout le monde couche avec tout le monde ? demande-t-elle. Comme dans *Grey's Anatomy* ?

Vous ne pouvez vous empêcher de sourire. Vous n'auriez jamais osé poser la question, mais vous devez avouer que vous vous interrogez vous aussi !

— Ne m'en parlez pas, répond Tom en riant. Ma famille est persuadée que je passe mes journées en salle de garde avec de charmantes internes…

« Il n'a pas l'air d'être en couple… » déduisez-vous.

— Et ce n'est pas le cas ? insiste Vanessa, avec un sourire séducteur, qui dit clairement qu'elle ne serait pas contre visiter une salle de garde avec lui.

— Vous savez, en réalité, on est très occupés, les salles de garde sont miteuses, et quand j'ai quelques heures de repos… j'en profite pour dormir !

Vous riez tous les trois quand soudain, un appel retentit dans les haut-parleurs.

— *Un médecin est demandé pour un malaise à l'espace bar. Merci de vous signaler au personnel navigant.*

Sans hésiter, Tom se lève et fait signe à l'hôtesse qui passe dans l'allée.

— Je suis médecin! annonce-t-il, le ton soudain très professionnel.

L'hôtesse lui demande de la suivre, et vous vous levez pour le laisser rejoindre l'allée. Vous les regardez s'éloigner, aussi admirative que curieuse. Et si c'était grave? «Je me demande ce qui passe par la tête de Tom dans un moment comme celui-ci… »

Vous jetez un œil à Vanessa, qui a commencé son repas, le nez plongé dans un jeu sur son téléphone portable. Il ne pourrait pas être plus évident qu'elle n'a aucune envie de vous parler… Après quelques secondes d'hésitation, vous décidez qu'il est plus intéressant d'aller jeter un coup d'œil discret à ce qui se passe à l'espace bar que de poursuivre le déjeuner dans une ambiance glaciale.

— Je vais faire un tour aux toilettes! annoncez-vous à Vanessa.

Celle-ci lève un sourcil et fait une moue dégoûtée.

— Super.

Vous levez les yeux au ciel.

Remontez l'allée en 38.

38

Vous êtes un peu inquiète : et si Tom avait été appelé pour un cas grave? Vous avez envie de le voir à l'œuvre… mais pas de jouer les voyeurs, comme ces gens qui ralentissent quand ils passent à côté d'une voiture accidentée. «Si je vois que c'est un problème sérieux, je n'aurais qu'à retourner à ma place, décidez-vous. Mais l'hôtesse n'avait pas l'air très inquiète, ce n'est sans doute pas grand-chose… »

Prudente, vous vous arrêtez devant le rideau de séparation : de cette façon, vous voyez parfaitement ce qu'il se passe, mais vous ne risquez pas de gêner… ni d'être surprise par Tom en train de l'observer.

Malgré votre résolution d'être la plus discrète possible, quand votre regard se pose sur l'homme allongé au sol, vous devez retenir un cri : c'est le charmant vieux monsieur qui voyage avec sa femme quelques rangées devant vous! Bien sûr, plongée dans votre conversation avec Tom, vous ne l'aviez pas vu se lever… Vous jetez un rapide coup d'œil dans l'espace bar : pas de trace de son épouse. Elle est sans doute restée à sa place… « Elle ne sait peut-être même pas que son mari vient de faire un malaise! »

Tom s'est déjà emparé de la trousse que lui tendait l'hôtesse, et il est à présent en train d'examiner son patient. Vous êtes trop loin pour entendre ce qu'il dit, mais vous êtes soulagée de constater que le vieux monsieur est en état de lui répondre.

En revanche, son visage est crispé, et il souffre visiblement. Stéthoscope sur les oreilles, Tom écoute le cœur du vieil homme, concentré. Il l'interroge quelques minutes, prend sa tension, palpe son ventre, puis examine ses jambes. Enfin, il se relève, et interroge l'équipage :

— Est-ce que vous auriez de l'aspirine?

L'hôtesse hoche la tête, surprise.

— Allez m'en chercher, s'il vous plaît.

La jeune femme s'éloigne, perplexe, et revient, quelques minutes plus tard, avec le médicament demandé et un verre d'eau. Tom tend un comprimé au vieil homme, qui l'avale, visiblement rassuré par les explications que lui donne votre voisin.

Voyant que Tom se relève pour parler avec l'hôtesse, vous vous éclipsez avec une idée en tête. D'un pas rapide, vous rebroussez chemin dans l'allée, et vous dirigez droit vers la vieille dame qui voyage avec le patient de Tom.

Comme vous l'imaginiez, elle semble inquiète.

— Madame? Tout va bien? commencez-vous, ce qui vous laisse un peu de temps pour trouver la façon la plus rassurante de lui présenter la situation.

— Je ne sais pas ce que fait mon mari, vous explique-t-elle, en se tordant les mains. Il est parti il y a plus d'une demi-heure pour prendre un verre d'eau au bar, et il ne revient pas… Je ne vois pas très bien, vous savez, alors je n'ose pas aller le chercher seule. Vous pourriez m'y conduire, s'il vous plaît?

Vous vous asseyez à côté de la vieille dame.

— Madame, votre mari va bien. Il a eu un petit malaise, mais il a tout de suite été pris en charge par un médecin. Ne vous inquiétez pas, il est entre de bonnes mains.

— Oh!

Le cri de surprise et d'inquiétude que pousse la vieille dame vous serre le cœur.

— Je vous emmène le voir.

Prudemment, vous aidez la vieille femme à se lever et la guidez le long de l'allée vers l'espace bar.

Quand vous franchissez le rideau, vous êtes heureuse de voir que son mari est maintenant assis sur une banquette à côté de Tom, et qu'il semble beaucoup plus serein.

Son visage s'éclaire quand il voit sa femme arriver à votre bras.

— Mireille! s'écrie-t-il, il ne fallait pas te lever, voyons!

Tom est surpris de vous voir arriver avec la vieille dame, mais votre initiative n'a pas l'air de le déranger. Il vous sourit avant de se lancer dans des explications sur l'état de santé de son patient.

— Madame, votre mari a sans doute un début de péricardite, annonce-t-il. C'est une inflammation de la membrane qui entoure le cœur. Ne vous inquiétez pas, c'est une affection qui se traite très bien…

— Avec de l'aspirine! le coupe le vieil homme. Tu te rends comptes, ma chérie? C'est formidable, la médecine quand même.

Il semble éperdu d'admiration.

La vieille dame prend la main de Tom.

— Oh, merci docteur, vous êtes un don du ciel! Heureusement que vous étiez là…

Tom secoue la tête, gêné et poursuit ses explications, rassurant le couple du mieux qu'il le peut.

— Surtout, prévenez-moi si vous ne vous sentez pas bien, termine Tom.

Mireille et Gilles vous saluent avant de suivre une hôtesse, qui les emmène dans l'espace de repos du personnel navigant où le vieil homme pourra être installé confortablement, et où le couple pourra être constamment surveillé par l'équipage.

Reprenez vos esprits en 39.

39

Une fois les deux époux partis, Tom se tourne vers vous.

— Eh bien, vous avez des talents cachés!

— Moi? Pourquoi? interrogez-vous en rougissant.

— Vous avez été formidable avec sa femme. Vous l'avez amenée ici, rassurée, écoutée… Vous seriez à votre place à l'hôpital, vous savez. Si seulement tous mes élèves avaient vos qualités… La médecine serait plus humaine.

Vous souriez, flattée.

— En tout cas, vous avez été impressionnant! vous exclamez-vous.

Le sourire de Tom et son regard vert vous pétrifient. Cet homme est juste super sexy, et le pire, c'est qu'il semble n'en avoir aucune idée.

Il se lève.

— Ça vous dit de prendre un verre pour vous remettre de vos émotions? vous propose-t-il.

Vous acquiescez, ravie.

— Avec plaisir. Du vin blanc, s'il vous plaît.

Vous suivez Tom des yeux alors qu'il s'approche du comptoir et commande deux verres de vin.

— Tenez! vous dit-il, en vous rejoignant sur la banquette. Buvons à la santé de Mireille et Gilles!

Vous levez votre verre, avant de prendre une grande gorgée de vin. L'adrénaline redescend brusquement, et vous vous rendez compte que votre cœur bat à cent à l'heure. Tom est habitué à ce genre de situations, mais pour vous, c'est une première.

Pendant une seconde, vous vous regardez droit dans les yeux. Vos visages sont si proches que vous avez l'impression qu'un tout petit mouvement pourrait vous jeter dans ses bras… Troublée, vous baissez les yeux.

Le voir si calme et si professionnel a renforcé l'attirance que vous ressentiez déjà pour lui… À présent – et alors qu'il vous raconte une anecdote sur la péricardite, à laquelle vous ne comprenez absolument rien – vous ne pouvez détacher votre regard de ses lèvres. Tout ce dont vous avez envie à cet instant, c'est de l'embrasser.

C'est la première fois que vous ressentez une telle attirance pour un homme que vous venez juste de rencontrer. Et en temps normal, vous vous laisseriez sans doute du temps pour savoir s'il vous plaît vraiment… Mais aujourd'hui, vous vous sentez différente. Prête à dépasser vos hésitations et à vous lancer. Et puis vous savez bien que si vous ne faites pas d'efforts, il risque de se volatiliser dans la nature dès l'atterrissage…

— On retourne à nos places? vous propose soudain Tom.

Vous regardez votre montre : un quart d'heure s'est écoulé, et vous n'avez pas vraiment su profiter de ce moment en tête à tête.

«Il serait peut-être temps de me décider… » vous dites-vous, en vous levant. Dans quelques minutes, vous serez de retour à votre place… à côté de Vanessa, qui – vous le sentez – aura beaucoup moins de scrupules pour se faire remarquer. Si vous voulez tenter quelque chose sans l'avoir dans les pattes, c'est le moment ou jamais !

Vous vous mordez la lèvre, hésitante. «Que ferait Clara à ma place ?» vous interrogez-vous, alors que Tom rapporte vos deux verres au comptoir. Vous vous souvenez de cette soirée du Nouvel An, il y a quelques années. Vous étiez invitée à une grande soirée chez un ami d'amis, et vous ne connaissiez pas grand monde. Au moment des douze coups de minuit, vous aviez cherché partout Clara pour les embrassades de rigueur… Mais impossible de la trouver. Vous l'aviez maudite en vous retrouvant obligée d'embrasser tout un groupe de garçons que vous connaissiez à peine sans même pouvoir en rire avec elle. À ce stade, vous n'aviez plus qu'une envie : rentrer vous coucher. Quelques minutes plus tard, vous retrouviez Clara, qui sortait des toilettes, les joues roses et la jupe de travers.

— Où t'étais passé ?! vous étiez-vous exclamé. Tu as raté les douze coups de minuit !

À ce moment-là, la porte des toilettes s'était rouverte, et un garçon inconnu en était sorti. En vous apercevant, le pauvre avait rougi jusqu'aux cheveux avant de filer rejoindre ses amis.

Les yeux écarquillés, vous vous étiez tournée vers Clara.

— Je ne crois pas avoir raté quoi que ce soit, vous avait-elle dit en riant.

Sur le chemin du retour, vous l'aviez interrogée, stupéfaite qu'elle ait pu coucher avec un inconnu, et dans les toilettes en plus. Mais Clara était ravie : le garçon lui plaisait, elle s'était bien amusée, point.

Vous relevez les yeux : Tom revient vers vous, souriant. Vous voyez bien qu'il est loin – très loin – de penser à la même chose que vous. C'est le genre d'homme qui ne fait pas le premier pas, tout simplement parce qu'il ne perçoit aucun des signaux que lui envoient les femmes. Bref, le genre d'homme avec lequel une fille comme vous n'a aucune chance… d'habitude.

« Et si je suivais l'exemple de Clara ? » vous dites-vous, en jetant un œil aux toilettes qui ne sont qu'à deux mètres de vous, de l'autre côté du bar. « Si je profitais d'être ici avec un homme aussi attirant, et que je ne reverrai jamais ? »

Vous ouvrez la bouche.

Allez-vous proposer à Tom de vous rejoindre dans les toilettes en 40 ?

Ou bien préférez-vous retourner sagement à votre place en 43 ?

40

— En fait, je crois que j'ai une meilleure idée, déclarez-vous soudain.

Tom vous regarde, attendant la suite.

— Je veux dire… plutôt que de retourner à notre place, bredouillez-vous.

— Oui, répond Tom, de plus en plus perplexe. Qu'est-ce que vous voulez faire ?

— Je…

Vous vous mordez la lèvre, puis prenez une grande inspiration, avant de vous lancer.

— Je vais entrer dans les toilettes. Celles de droite. Si vous voulez m'y rejoindre, laissez passer deux minutes, puis frappez trois fois, je saurai que c'est vous…

Pour vous assurer que Tom a bien compris votre proposition, vous le regardez brièvement dans les yeux. Vous devez être rouge comme une pivoine et votre cœur bat à mille à l'heure. Mais vous avez osé ! Vous avancez le plus dignement possible vers les toilettes que vous avez indiquées à Tom, y entrez et verrouillez la porte derrière vous.

Appuyée contre la porte, vous tentez de retrouver vos esprits.

— Oh mon Dieu, murmurez-vous. Je suis complètement cinglée…

Puis vous rabattez le couvercle des toilettes et vous vous asseyez, le ventre noué, la gorge sèche.

« Ça fait bien deux minutes maintenant… vous dites-vous. Et s'il ne venait pas ? »

Vous repensez à son visage quand vous lui avez proposé de vous rejoindre aux toilettes. Il était stupéfait. Pourtant, vous auriez juré avoir décelé une lueur s'allumer dans son regard… Avez-vous rêvé ?

On frappe à la porte en 41.

41

Trois coups. Comme prévu. C'est forcément Tom.

Vous vous levez, en prenant une grande inspiration pour tenter de calmer les battements de votre cœur.

Vous déverrouillez la porte, et l'entrouvrez. Vous souriez, soulagée. Tom se tient devant vous. Et à cet instant, il vous semble encore plus beau. Il a toujours des traits fins, de beaux yeux verts… mais il a perdu son air étourdi. Il a l'air… excité. Vous frissonnez.

Tom ne bouge pas, et vous avez tellement peur qu'il ne change d'avis que vous vous décidez à prendre les choses en main.

— Vite, entrez! soufflez-vous, en l'attirant vers vous par le col de sa chemise.

«Il est trop tard pour reculer, maintenant!» vous dites-vous, avec l'impression de sauter du haut d'une falaise. Vous ne rêvez pas: Tom est bien avec vous dans les minuscules toilettes de l'avion. Pour verrouiller la porte, l'exiguïté de la cabine vous oblige à coller votre poitrine contre son torse. Son parfum, frais et poivré, envahit vos narines.

Vous levez les yeux vers lui. Il ouvre la bouche pour dire quelque chose, mais vous secouez la tête. Vous craignez que la moindre parole échangée vous fasse faire machine arrière. À présent que vous vous êtes décidée, vous n'avez qu'une envie : foncer. Cet instant, comme suspendu dans le temps, vous semble très inconfortable…

Enfin, Tom réagit. Il prend votre visage en coupe dans ses mains, plonge son regard dans le vôtre et se penche vers vous. Une brève seconde, vous sentez son souffle sur vos lèvres, puis sa bouche est sur la vôtre. Ses lèvres plaquées contre les vôtres sont douces, mais son baiser est intense. Sa main est descendue sur votre nuque, et sa langue vous fouille avec avidité.

Pour ne pas perdre l'équilibre, Tom s'adosse à la paroi, tandis que vous passez les bras autour de son cou, et vous appuyez contre lui. Son torse semble brûlant contre votre poitrine, et vous sentez distinctement les contours de son sexe tendu contre votre ventre. Aussitôt, votre ventre se contracte, impatient.

Vos doigts plongent dans ses cheveux, descendent le long de sa nuque. Vous gémissez, emportée par la puissance de ce long baiser et du désir que vous sentez exploser dans tout votre corps.

Tom est plus discret, mais vous sentez nettement que sa respiration s'accélère.

Soudain, sa bouche quitte la vôtre, et il s'écarte de quelques centimètres pour vous observer. Le nouvel éclat de ses yeux achève de vous rassurer : il a tout autant envie de vous que vous de lui.

Comme c'est vous qui l'avez entraîné dans cet intermède, vous avez le sentiment que vous devez prendre l'initiative. Vous vous lancez donc, en déboutonnant la chemise de Tom. Vos doigts tremblent un peu sur les premiers boutons, mais son regard vert et son corps pressé contre le vôtre vous encouragent, et bientôt, sa chemise est ouverte.

Vos mains parcourent son torse dénudé, caressent son ventre pendant que vos baisers se font plus intenses, plus profonds. Vos doigts descendent pour défaire sa ceinture, puis les boutons de son jean. La respiration haletante, Tom prend le relais et fait glisser sur ses jambes son jean et son boxer, libérant une érection puissante.

Vous y posez les deux mains et vos premières caresses arrachent à Tom un soupir satisfait. Vous vous asseyez sur le siège, votre visage est maintenant à la hauteur du sexe de Tom. Vous vous approchez et passez lentement la langue sur son gland humide, en lui jetant un coup d'œil pour observer sa réaction. Celle-ci est sans ambiguïté : il a rejeté la tête en arrière, les yeux fermés, et pousse un profond soupir. Vous descendez lentement du bout de la langue le long de la peau veloutée, avant de prendre sa queue jusqu'à l'avoir presque entièrement dans votre bouche. Le goût salé de son excitation a un effet immédiat sur vous : vous sentez que vous mouillez et un désir brutal tord votre ventre.

Votre langue tourne autour du gland de Tom et ses halètements saccadés résonnent bientôt dans la petite cabine. Vous êtes excitée de constater l'effet que vous lui faites, de sentir qu'il se laisse aller entre vos mains – ou plutôt entre vos lèvres. Ses doigts se crispent dans vos cheveux et il pousse un gémissement rauque.

Comme vous n'avez aucune envie qu'il jouisse tout de suite, vous abandonnez sa queue quelques instants pour caresser ses fesses. Comme vous l'aviez deviné, elles sont parfaites : fermes, mais pas trop musclées. Sa peau frémit au passage de vos doigts. Son bassin avance vers vous instinctivement. Vous vous redressez, vous plaquant de nouveau contre lui. Son sexe dur vous semble brûlant contre votre bas-ventre, à travers le fin tissu de votre robe.

— Vous avez un préservatif? lui glissez-vous à l'oreille.

Il hoche la tête, avant de se pencher et de sortir son portefeuille de la poche de son jean. Il en tire un petit sachet avec un sourire triomphant. Alors que vous vous apprêtez à le saisir, il vous arrête, agrippe vos poignets, et vous fait basculer à sa place, vous pressant contre la paroi. Son torse dénudé de Tom appuie sur votre poitrine, et il s'écarte légèrement pour la caresser, la pétrir tout en vous embrassant dans le cou. Vous fermez les yeux pour profiter des sensations qui envahissent votre corps, quand soudain, Tom vous fait pivoter sur vous-même.

La joue plaquée contre le miroir froid, vous sentez sa main gauche qui maintient vos épaules tandis que la droite remonte rapidement votre robe.

— Vous avez un cul sublime, murmure-t-il à votre oreille.

Ses doigts parcourent quelques instants le fin tissu de votre culotte, caressant vos fesses. D'un geste, il vous fait écarter les jambes, puis ses doigts s'aventurent sur votre fente, appuyant sur la dentelle.

Vous qui poussez un cri étouffé alors qu'il s'est mis à tracer de petits cercles appuyés sur votre clitoris. Instinctivement, vous reculez votre bassin, plaquant vos fesses contre son sexe toujours dressé.

Vous entendez qu'il ouvre l'étui du préservatif et l'enfile. Ses mains redescendent, mais au lieu de baisser votre culotte, il se contente de l'écarter.

Vous ouvrez encore un peu plus les jambes et vous cambrez autant que possible pour accueillir sa queue, qui pénètre facilement votre sexe trempé. Les yeux fermés, vous retenez votre souffle un instant, savourant cette sensation de plénitude.

Les mains fermement agrippées à votre taille, Tom se met à faire des va-et-vient puissants et profonds. Ouvrant soudainement les yeux, vous l'observez dans le miroir : les yeux mi-clos, les sourcils froncés, la bouche ouverte, il ne ressemble plus du tout à l'homme poli et distrait dont vous avez fait la connaissance il y a quelques heures. Quant à votre propre visage, il est transformé : vos joues sont rouges, vos yeux brillent d'un éclat que vous ne leur connaissez pas et un peu de sueur perle sur votre front.

Vous sentez sa queue grossir encore en vous, vous pénétrer de plus en plus rapidement. Votre plaisir monte à chaque coup de boutoir et vous avez du mal à retenir vos gémissements. Mais avant que vous ayez pu atteindre l'orgasme, Tom jouit en plaquant sa bouche sur votre épaule pour ne pas crier.

Vous restez un moment sans bouger avant qu'il ne se retire délicatement et craignez un moment qu'il vous laisse dans cet état de frustration intense.

— Ne vous inquiétez pas, vous murmure-t-il, comme s'il avait lu dans vos pensées.

Se mettant à genoux derrière vous, il fait glisser votre culotte le long de vos jambes, puis la ramasse et la glisse dans sa poche. Puis il remonte son boxer et son jean et s'assoit sur les toilettes avant de vous attirer sur ses genoux, calant vos fesses contre son bassin. Vous frissonnez au contact de son jean rugueux sur votre peau nue.

Écartant vos jambes très largement, il les place de part et d'autre des siennes. Vous êtes complètement ouverte et si prête à jouir qu'il suffirait de quelques pressions sur votre clitoris pour atteindre l'orgasme. La seule sensation de l'air frais qui frôle votre chair exposée vous excite. Mais Tom n'a visiblement pas l'intention de précipiter les choses : il préfère caresser lentement l'intérieur de vos cuisses, remontant de vos genoux jusqu'à la lisière de votre toison, sans même effleurer votre sexe.

Vous ondulez du bassin, recherchant le contact qui amènera votre plaisir à son apogée, mais d'une main, il vous plaque contre lui, tandis que l'autre trace maintenant le contour extérieur de vos lèvres trempées. Ses doigts s'y posent enfin et les écartent habilement avant de s'enfoncer en vous. Son autre main quitte votre bassin et vient se poser précisément sur votre clitoris.

Sur un même rythme, il vous pénètre de ses doigts et frotte votre bouton gorgé de sang. Vous fermez les yeux pour savourer le déferlement de sensations, la vague de plaisir intense qui s'abat sur vous. Il ne faut que quelques instants pour que vous explosiez, l'orgasme secouant tout votre corps. Pendant plusieurs secondes, vous n'avez plus conscience de rien. Quand vous rouvrez les yeux, Tom vous sourit dans le miroir.

— Merci, vous dit-il, avant de déposer un baiser sur votre nuque.

À peine avez-vous le temps de vous lever pour rajuster votre robe et remettre votre culotte que Tom vous a tendue, que ce dernier s'est déjà éclipsé, refermant la porte derrière lui. Vous tournez de nouveau le verrou, pour avoir le temps de reprendre tranquillement vos esprits.

Si vous sortez maintenant, vous êtes certaine que tout l'avion pourrait lire sur votre visage ce qu'il vient de se passer.

Soufflez en 42.

42

Vous vous passez un peu d'eau sur le visage et vous essuyez avec les serviettes jetables à votre disposition.

«Voilà, je suis déjà un peu plus présentable… »

Vous attachez vos cheveux avant de vous étirer quand tout à coup, on toque à la porte. Vous ne savez pas depuis combien de temps vous monopolisez les toilettes, mais vous n'avez qu'une crainte : que quelqu'un se soit aperçu de ce qui se passait…

Vous ouvrez, prête à vous excuser auprès d'un passager impatient. Mais c'est une jeune hôtesse blonde qui se tient en face de vous.

— Vous ne vous sentez pas bien, madame ? vous demande-t-elle.

Vous secouez la tête. Tout ce à quoi vous pouvez penser, c'est qu'elle a peut-être vu Tom sortir de ces mêmes toilettes quelques minutes auparavant. Son expression est indéchiffrable.

Gênée, vous bredouillez la première excuse qui vous vient à l'esprit.

— Je suis juste un peu… nauséeuse… marmonnez-vous, avec l'air de celle qui ne veut pas entrer dans les détails.

— Oh! Je vois, répond la jeune hôtesse. Vous avez déjà souffert du mal de l'air auparavant?

Vous secouez une nouvelle fois la tête, en prenant l'air le plus innocent possible. Visiblement, votre intermède avec Tom est passé inaperçu…

L'hôtesse vous propose un verre d'eau, avant de reprendre :

— Je vais voir si je peux vous trouver une place plus confortable, attendez-moi ici.

Vous attendez donc sagement devant la porte des toilettes pendant quelques minutes. Enfin, la jeune femme revient, le sourire aux lèvres.

— Suivez-moi, annonce-t-elle. Nous avons une place isolée en classe affaires, je vous y conduis.

Surprise, vous lui emboîtez le pas.

« Je ne savais pas qu'on pouvait être surclassé pour cause de nausées » songez-vous. Vous n'en revenez pas. Il faut reconnaître que ce changement de place tombe à pic. Vous n'y aviez pas pensé avant de proposer à Tom de vous rejoindre aux toilettes, mais l'ambiance aurait pu être un peu inconfortable une fois de retour à votre place. Aurait-il fait comme si de rien n'était? Auriez-vous réussi à discuter avec lui? Et Vanessa… elle se serait forcément rendu compte de quelque chose !

L'hôtesse vous indique un siège juste avant le rideau de séparation entre la classe affaire et la classe éco.

— Les toilettes sont derrière vous, vous explique-t-elle en baissant la voix. Vous y trouverez de quoi vous rafraîchir. Après vous avoir proposé d'aller récupérer vos affaires, elle ajoute :

— Je vous souhaite une bonne fin de vol, et n'hésitez pas à solliciter mes collègues si vous ne vous sentez pas bien.

Vous vous mordez la lèvre pour ne pas rire : votre petit mensonge a eu des conséquences bien plus positives que tout ce que vous auriez pu imaginer !

Vous vous enfoncez dans le fauteuil moelleux et explorez votre nouvel environnement. Tout est tellement plus confortable qu'en éco : plus de place pour vos jambes, un fauteuil plus large et qui s'incline entièrement, un choix de douceurs à la carte disponible pendant tout le vol... Quel dommage que vous ne puissiez pas vous payer ce luxe !

Vous remerciez le steward qui vient de vous rapporter vos affaires, puis calez votre fauteuil en position semi-allongée, mettez les écouteurs et saisissez la télécommande de votre écran personnel. Bientôt, vous dénichez le programme idéal pour vous endormir en douceur. Avant de lancer le film, vous rappelez le steward et lui demandez de vous apporter un petit pot de glace à la vanille.

«Voilà, là, c'est vraiment parfait !» vous dites-vous, en y plongeant votre cuillère.

Dans quelques heures, vous atterrirez à Los Angeles... Vous avez encore du mal à croire à tout ce qui vous est arrivé. À l'aéroport, vous vous sentiez coincée, vieille avant l'heure, ennuyeuse...

Maintenant, vous le savez: vous avez une âme d'aventurière. Et il n'est pas trop tard pour changer les choses qui ne vous plaisent pas dans votre vie. Au contraire. Vous souriez: ces vacances ne pouvaient pas mieux commencer!

FIN

Quelles autres rencontres auriez-vous pu faire au cours du vol?

Si vous voulez le savoir, pourquoi ne pas recommencer en 1?

43

Vous refermez la bouche sans rien dire, vous contentant de sourire.

Que ce soit à l'écran ou dans les romans, vous avez toujours admiré les femmes qui savent prendre les choses en main… Malheureusement, et malgré votre bonne résolution, ce n'est pas votre cas! Vous vous sentez tout bonnement incapable de sauter sur Tom… Surtout qu'il ne vous a pas vraiment montré de signes d'un quelconque intérêt depuis le début du voyage. Il est charmant, souriant… mais il pourrait tout aussi bien n'avoir comme seule intention que de faire passer le vol un peu plus vite!

Vous le suivez dans l'allée jusqu'à votre place. Quand vous rejoignez vos sièges, vous voyez bien le regard interrogateur que vous lance Vanessa. «Elle cherche à savoir s'il s'est passé quelque chose entre nous, comprenez-vous aussitôt. Si seulement… »

Mais vous ne pouvez même pas prendre votre revanche en laissant planer le doute, Tom est déjà en train de lui raconter la mésaventure de Gilles et votre rôle auprès de sa femme, Mireille.

Contrairement à Tom, vous remarquez le sourire satisfait de votre voisine.

— Et ça vous arrive souvent, ce genre d'urgences? lui demande Vanessa.

— Non, pas vraiment. C'est la première fois qu'on fait appel à moi pendant un vol. Ça m'est déjà arrivé une fois dans un train, il y a cinq ans à peu près… Non, le plus fréquent, en fait, ce sont les demandes de la famille! explique Tom, en riant. On m'appelle pour tout et n'importe quoi.

— Et est-ce qu'il vous est déjà arrivé qu'une patiente vous drague? interroge Vanessa, qui a visiblement décidé de passer à la vitesse supérieure.

Tom fronce les sourcils, réfléchissant.

— Non. Enfin, je ne crois pas, même si je ne suis pas sûr d'être très doué pour repérer ce genre de choses… Vous savez, quand je vois un patient, je m'occupe surtout de sa santé!

Vous riez intérieurement. «Non, c'est sûr, docteur, vous n'êtes pas très doué pour diagnostiquer l'intérêt des jeunes femmes à votre égard… »

D'ailleurs, sans le vouloir, Tom en apporte immédiatement la preuve. Il sourit poliment à Vanessa, et annonce, en saisissant sa télécommande:

— Je regarderai bien un film, si ça ne vous ennuie pas!

Vous êtes partagée entre la frustration – vous avez sans doute perdu toute chance de faire plus ample connaissance avec lui – et la satisfaction – il vient d'ignorer royalement l'énorme perche tendue par Vanessa, qui semble vexée au plus haut point!

Vous vous penchez pour attraper dans votre sac le roman que vous êtes en train de lire, et la perspective de vous y plonger suffit à vous redonner le moral.

« Je suis sûre que Clara aura plein d'hommes charmants à me présenter à Los Angeles ! » vous dites-vous, en ouvrant votre bouquin.

Une demi-heure plus tard, vous jetez un coup d'œil à côté de vous. Tom s'est endormi. Qu'allez-vous faire ?

L'imiter et essayer de vous reposer un peu en 44 ?

Ou bien aller vous dégourdir les jambes en 68 ?

44

Vous posez votre livre et inclinez votre siège autant que possible : autant essayer de dormir quelques heures, pour commencer les vacances en pleine forme.

Vous dépliez la couverture sur vos jambes et fermez les yeux. Le bruit des réacteurs est presque imperceptible dans cet immense avion, et vous n'entendez que quelques chuchotements au loin. Rien ne bouge, vous pourriez presque vous croire dans votre lit…

Peu à peu, vous sentez le sommeil vous envahir.

Quand vous ouvrez les yeux, la lumière du soleil d'été vous éblouit. Vous êtes au beau milieu d'un champ de blé, et vous courez en riant.

— Je suis trop rapide pour toi ! vous écriez-vous, en tournant la tête pour apercevoir votre poursuivant.

C'est Tom ! Mais il ne porte plus son jean et sa chemise blanche ; non, il n'est vêtu que d'un pantalon en lin clair. Torse nu, ses muscles jouent sous sa peau tandis qu'il court vers vous. Soudain, il vous rattrape, et vous vous écroulez au sol en riant.

Vous regardez le ciel bleu sans nuages et l'or des épis qui se balance sous le vent. Votre robe légère se soulève et se gonfle. L'odeur de la terre envahit vos narines. Vous vous sentez incroyablement bien.

Soudain, le visage de Tom apparaît au-dessus de vous. Son sourire éclatant vous éblouit, et sans un mot, il s'agenouille près de vous et se penche sur votre visage. Ses lèvres effleurent les vôtres, délicatement, puis plus fermement. Vos langues se cherchent pendant de longues minutes dans un baiser profond. Enfin, il s'écarte et vous reprenez votre souffle.

Puis il tend le bras, et casse un épi de blé. Il le fait courir sur votre visage, et vous riez, chatouilleuse. L'épi descend ensuite dans votre cou, sur votre sein droit, où il s'attarde quelques instants, sur votre ventre, sur votre cuisse gauche.

Tom plonge son regard dans le vôtre. Il lâche l'épi et saisit le bas de votre robe, qu'il remonte lentement. Vous soulevez le bassin, puis le dos pour l'aider à vous l'enlever entièrement.

Quand vous vous rallongez, le blé vous chatouille la peau. Vos yeux parcourent le torse délicieusement musclé de votre partenaire. Les poils qui bouclent sur ses pectoraux descendent en un mince filet le long de ses abdominaux, qui disparait ensuite sous sa ceinture.

Comme happée par cette ligne, vous tendez la main pour la suivre, en partant de son téton droit. Votre main caresse un moment son ventre, puis continue à descendre sur son pantalon. Aussitôt, vous sentez son sexe dur qui tend le lin clair. Votre main monte et descend avec légèreté, et vous percevez le souffle court du beau chirurgien.

Il repousse votre main et, prend dans sa bouche votre sein nu, mordille votre téton, l'aspire, le lèche. Vous gémissez, alors qu'un frisson part de votre téton et file droit jusqu'à votre sexe palpitant.

Du bout des lèvres et des dents, Tom parcourt votre ventre. Sa langue glisse autour de votre nombril, tandis que ses mains pétrissent vos seins. Vous gémissez longuement.

De plus en plus pressant, il fait glisser ses mains jusqu'à votre culotte, qu'il entreprend de faire descendre le long de vos jambes. Vous voilà entièrement nue, tous vos sens en éveil tandis que le vent caresse votre peau.

Tom écarte vos jambes et se penche pour embrasser votre ventre, à la lisière de votre toison. Vous sentez son souffle sur vos lèvres humides. Puis dans un contact électrique, sa langue chaude se pose sur votre sexe. Son nez appuie doucement sur votre clitoris gonflé pendant que sa langue vous fouille. Vous ondulez du bassin, vous agrippant vainement aux épis de blé qui cassent dans vos mains.

Vous les ramenez alors sur les épaules de Tom, le caressez, le griffez… Le plaisir vous fait tourner la tête, vous désoriente. Soudain, Tom se redresse et se débarrasse de son pantalon. Entièrement nu, il s'allonge lentement sur vous, sa peau chaude réchauffant la vôtre.

Vous sentez sa queue presser à l'entrée de votre sexe trempé. Vous arc-boutez vos hanches et en une poussée, son gland vous pénètre. Lentement, il s'en-fonce au plus profond de vous, en vous regardant droit dans les yeux. Vos lèvres se joignent de nou-veau, et votre baiser passionné a raison de la retenue de Tom.

Il commence des va-et-vient puissants et profonds, tout à coup avide de vous. Sans laisser vos corps se séparer, il vous hisse contre lui et s'assoit dans le blé. À califourchon sur son bassin, c'est vous qui donnez le rythme à présent. Il passe sa main entre vos corps brûlants pour faire atteindre votre clitoris qu'il fait rouler entre ses doigts.

Vous ondulez de plus en plus vite, sentant votre plaisir monter, encore et encore. Soudain, l'orage éclate et la pluie se met à tomber. L'eau n'est pas froide, mais d'une tiédeur agréable. Elle ruisselle le long de vos corps échauffés, glisse sur ses pectoraux, se niche dans votre nombril, se mêle à votre salive.

Vos cris de plaisir se mêlent au tonnerre, c'est comme si le ciel accompagnait la montée violente de votre plaisir. Enfin, vous sentez votre ventre se contracter brutalement et un éclair parcourir tout votre corps, tendant jusqu'à la pointe de vos pieds. L'orgasme vous emporte dans un grand cri.

Vous fermez les yeux, écoutant le tonnerre qui gronde autour de vous.

Ouvrez les yeux en 45.

45

Une lumière perçante frappe vos paupières. Vous clignez des yeux, l'esprit embrumé. Vous tournez la tête : à côté de vous, dans son fauteuil de la classe éco, Tom dort profondément, bien loin de s'imaginer qu'il y a quelques secondes encore, vous vous étreigniez dans un rêve brûlant.

Vous souriez en comprenant que le bruit de tonnerre était en fait celui du chariot de l'hôtesse qui arrive à présent à votre hauteur.

—   Petit-déjeuner,   mademoiselle ?   vous propose-t-elle.

Vous acquiescez, en vous étirant. L'odeur du café achève de vous mettre de bonne humeur. Vous jetez un coup d'œil à votre montre : dans une heure, vous atterrissez à Los Angeles. Vous croquez dans votre croissant, un sourire aux lèvres.

Mine de rien, votre inconscient a trouvé le compromis idéal entre votre envie d'aventures et votre caractère habituel... Vous auriez été bien incapable de coucher avec un inconnu dans les toilettes d'un avion – même si vous entendez déjà les exclamations outrées que poussera Clara quand vous lui raconterez votre vol –, mais vous êtes ravie de vous réveiller avec cette impression de connaître chaque détail du corps de votre voisin !

Votre voyage a éveillé vos sens ; c'est juste ce qu'il vous fallait pour profiter au mieux de votre séjour à Los Angeles. À présent, vous en certaine : ces vacances vont être excellentes !

FIN

Décidément, ça a été un vol plein de surprises !

Et qui sait ? Peut-être pourrez-vous en découvrir encore d'autres, en recommençant en 1...

Gênée de faire attendre le steward, vous vous levez. Vous n'avez aucune idée de ce que vous avez bien pu faire pour que Louis Trachenberg ait envie de dîner avec vous… Mais vous ne pouvez pas rester à votre place sans essayer d'en savoir plus!

Vous êtes curieuse de savoir le fin mot de cette histoire. Une petite voix dans un coin de votre tête vous dit aussi que c'est une opportunité à côté de laquelle vous ne pouvez pas passer. De toute façon, ce n'est pas dans votre caractère de refuser une invitation sans avoir une bonne excuse. Et là, vous auriez bien du mal à en inventer une!

Vous ramassez votre tout nouveau sac à main, lancez un sourire d'excuse à votre beau voisin et emboîtez le pas du steward. Les questions se bousculent dans votre tête. Vous vous penchez vers le jeune homme blond.

— Comment est-il, en vrai? l'interrogez-vous, alors que vous arrivez à l'escalier en queue de l'appareil.

Le steward semble surpris par votre question. Il réfléchit quelques secondes, avant de balbutier:

— Eh bien... Il fait plus grand qu'à la télé. Plus froid aussi...

Si seulement le passager mystère avait demandé à une hôtesse de vous transmettre le message, vous auriez sans doute pu en apprendre un peu plus...

— Vous pensez qu'il serait possible que je l'observe avant qu'il nous voie?

Le jeune homme blond hoche la tête.

— Je pense qu'on peut se débrouiller, oui.

Vous faites une moue gênée. Vous avez horreur de monopoliser ainsi le steward qui a sûrement mille autres choses à faire avant le décollage de l'avion... Mais la situation est tellement inhabituelle que vous avez besoin d'un allié, quel qu'il soit.

— On va s'arrêter juste avant ce rideau, vous indique le steward. De là, vous devriez pouvoir l'apercevoir.

Parvenue à la séparation entre classe éco et classe affaires sur le pont supérieur, vous écartez discrètement le rideau.

— Regardez tout à droite... Vous voyez la quatrième rangée? Il est juste là, en train de lire le journal.

De là où vous vous trouvez, vous pouvez effectivement apercevoir le profil du célèbre homme d'affaires.

Louis Trachenberg porte un costume sombre et une chemise blanche dont le col est légèrement ouvert. Il est plongé dans la lecture d'un quotidien, ses épais sourcils froncés. De ce que vous pouvez voir depuis votre poste d'observation, il est aussi bel homme en personne que dans le magazine qui est à présent roulé dans votre sac à main. Rasé de près, élégant...

Votre cœur bat à cent à l'heure. C'est comme si vous veniez de comprendre que vous ne rêvez pas. Le siège vide à côté de Louis Trachenberg pourrait devenir votre place pour les prochaines minutes… les prochaines heures, même !

Vous refermez le rideau.

— On va bientôt décoller, vous annonce le steward, qui semble désolé de devoir vous presser. Où voulez-vous vous asseoir ?

Préférez-vous retourner à votre place en éco en 47 ?

Ou bien rejoindre Louis Trachenberg en 48 ?

À présent que vous n'êtes plus qu'à quelques mètres de l'homme d'affaires, l'absurdité de la situation vous frappe de plein fouet. Même si vous pensez pouvoir faire la conversation en discutant de vos projets professionnels du moment, il vous paraît soudain évident que ce n'est pas pour ça que Louis Trachenberg vous a invité.

Il est bien évident que c'est le célibataire séducteur qui vous a convié, pas l'entrepreneur… Et cette idée vous met mal à l'aise.

— Je vous remercie, mais… je vais retourner à ma place, déclarez-vous au steward.

— Très bien madame, vous répond-il, je vais informer monsieur Trachenberg que vous déclinez son invitation.

Vous acquiescez, gênée malgré tout à l'idée d'avoir fait perdre son temps au jeune homme. Pourtant, ce dernier n'a pas l'air de vous en vouloir. Alors qu'il s'éloigne, vous rebroussez chemin, direction le pont inférieur.

Quand quelques instants plus tard vous vous rasseyez à votre place, Tom, votre voisin, vous sourit.

— Ah, vous êtes de retour! s'exclame-t-il. J'avais cru comprendre que le steward vous faisait changer de place?

— Non, non, c'était une erreur! répondez-vous en haussant les épaules.

La présence de Tom vous le confirme: vous avez pris la bonne décision. Vous serez bien mieux ici que là-haut!

C'est bientôt l'heure du décollage en 5.

48

Vous vous mordez la lèvre, hésitante. Soudain, vous pensez à Clara. Vous imaginez la tête qu'elle fera quand vous lui raconterez que vous avez fait le voyage assise à côté du célèbre Louis Trachenberg. Plus question de l'ennuyer avec vos histoires de bureau! Pour une fois, c'est vous à qui il sera arrivé une quelque chose qui sort de l'ordinaire…

« Je ne risque rien, vous encouragez-vous mentalement. Si vraiment ça se passait trop mal, je pourrais toujours redescendre en éco… »

— Merci de m'avoir accompagné! dites-vous au jeune steward.

— Je m'occupe de la classe affaires sur ce vol, madame, vous répond le jeune homme. Si vous avez besoin de quoi que ce soit, n'hésitez pas à m'appeler. Je vous laisse rejoindre votre place et attacher votre ceinture.

Vous vous dirigez rapidement vers l'allée droite, et prenez une grande inspiration avant de franchir le rideau de séparation. Puis, vous avancez vers le siège de Louis Trachenberg, le cœur battant.

— Bonjour, dites-vous simplement, en arrivant à sa hauteur.

Il relève le nez de son journal et pose sur vous un regard bleu glacial. Puis, lorsqu'il se rend compte que vous êtes l'invitée qu'il attendait, un sourire étire ses lèvres et il se lève.

— Enchanté, mademoiselle, déclare-t-il, avant d'avancer dans l'allée. Je vous en prie, asseyez-vous, ajoute-t-il en désignant le fauteuil près du hublot.

Il a le ton des hommes habitués à commander. Surprise par son aplomb, vous vous exécutez.

Au lieu d'engager la conversation comme vous vous y attendiez, il entreprend de vous détailler de la tête aux pieds. Vous oscillez entre la gêne et la colère, mais avant que vous ne puissiez dire quoi que ce soit, la voix du chef de cabine se fait entendre.

Le décollage est imminent. Vous attachez votre ceinture et profitez de l'annonce pour observer votre environnement. Les sièges de classe affaires sont beaucoup plus larges, et ils sont aussi plus espacés les uns des autres. À vrai dire, votre place est si confortable que vous n'avez même pas l'impression d'être en avion…

Quand l'appareil se met à rouler, vous vous rendez compte d'un des avantages de voyager en A380 : il n'y a quasiment aucun bruit ! Rien à voir avec ce à quoi vous êtes habituée en tout cas…

Après de longues minutes à rouler sur la piste, vous sentez que le mastodonte accélère pour enfin s'élever dans les airs.

— Vous pouvez ouvrir les yeux, vous glisse votre voisin à voix basse.

Vous souriez d'un air gêné.

— Je sais que c'est idiot, mais j'ai toujours une pe-tite appréhension au décollage, expliquez-vous.

D'un geste, Louis appelle une des hôtesses.

— Champagne, s'il vous plaît, demande-t-il.

Vous le regardez, stupéfaite.

— Vous êtes sûr que j'aime le champagne?

Louis sourit, ce qui le fait soudain paraître plus jeune, ou en tout cas plus accessible.

— Vous êtes très belle, répond-il, en vous regar-dant droit dans les yeux.

Décontenancée, vous ouvrez la bouche pour ré-pondre, puis la refermez aussitôt. Au cas où vous en douteriez encore, Louis vient de vous le confirmer : il ne vous a pas invité pour parler affaire…

Vous aimeriez répliquer, mais vous n'y parvenez pas. Peut-être est-ce à cause du charme indéfinissable de Louis ? Il dégage une impression de puissance, d'autorité. Quelque chose qui n'apparaît pas sur les photos qu'on voit de lui dans les journaux.

L'hôtesse revient avec deux flûtes de champagne, et vous êtes ravie de cette distraction momentanée.

Louis lève son verre vers vous.

— À ce voyage!

Vous souriez timidement et vous empressez de boire quelques gorgées. Finalement, vous trouvez le courage de poser la question qui vous brûle les lèvres.

— Ça vous arrive souvent d'inviter une inconnue à voyager avec vous?

Une nouvelle fois, Louis sourit.

— Vous vous demandez pourquoi j'ai réservé deux sièges, c'est ça? Si ça peut vous rassurer, je le fais à chaque vol : j'aime ma tranquillité.

— Alors pourquoi m'avoir invité à vous rejoindre?

La question est partie toute seule, et vous êtes étonnée d'être si directe. Mais la situation est si inhabituelle que vous n'avez plus aucun repères. De nouveau, le regard de votre voisin vous scotche à votre siège. Il est dominateur, à vif, brûlant.

— En vous voyant, je me suis dit que ce vol pourrait être plus… divertissant que prévu. Pour nous deux.

« On y est. » Le regard de Louis est on ne peut plus clair. Vous avez soudain la sensation d'être une souris piégée entre les pattes d'un chat.

— Qu'attendez de moi? demandez-vous d'un ton inquiet.

— Ne soyez pas si pressée! s'exclame Louis. Le moment venu, je vous dirai exactement ce que je veux. Et vous m'obéirez.

À ces mots, un frisson parcourt tout votre corps. Il semble avoir aucun doute sur le fait que vous accepterez toutes ses demandes…

— Mais avant tout, nous allons dîner, ajoute-t-il, en voyant que les hôtesses commencent à distribuer les menus.

Vous jetez un coup d'œil dans l'allée. Vous aviez presque oublié que vous n'étiez pas seuls dans cet avion! Louis est aussi fascinant qu'effrayant. Alors que vous l'avez rencontré il y a moins d'une heure, il a déjà une emprise considérable sur vous… À présent qu'il n'y a plus de doutes sur ce qu'il attend de vous, qu'allez-vous faire?

Restez-vous dîner avec Louis en 49?

Ou bien préférez-vous aller marcher pour reprendre vos esprits en 54?

49

Vous prenez une grande inspiration. Bien sûr, vous pourriez partir, vous éloigner de l'homme d'affaires, qui semble penser que sa réussite lui permet d'avoir n'importe quelle femme… Mais en vérité, il vous attire irrésistiblement.

Il vous a froidement annoncé que, dans quelques heures, vous lui obéiriez, et ces simples mots ont suffi à vous exciter bien au-delà du raisonnable. Votre cœur bat à tout rompre. Votre imagination se déchaîne… Pour la première fois de votre vie, vous avez envie de laisser la raison de côté. Vous en avez assez d'être la fille bien sage qui traverse toujours dans les clous.

Le regard de Louis, sa voix, la puissance qu'il dégage… Tout chez lui vous donne envie de vous soumettre à ses désirs.

L'hôtesse interrompt le flux de vos pensées en vous tendant le menu. Vous parcourez rapidement la carte. En entrée foie gras ou asperges, en plat risotto aux légumes ou bœuf bourguignon, et en dessert mi-cuit au chocolat ou salade de fruits exotiques… Rien à voir avec les plateaux-repas auxquels la classe éco vous a habituée!

Vous tournez la page et découvrez la liste des vins proposés, ainsi que les collations accessibles au bar à tout moment.

— Je vais prendre le foie gras, le risotto et la salade de fruits, annoncez-vous, acceptant ainsi clairement de dîner avec Louis.

Celui-ci passe sa propre commande et choisit le vin. Alors que l'hôtesse s'éloigne dans l'allée, Louis se penche vers vous, et avec un geste d'une intimité qui vous coupe le souffle, replace une mèche de cheveux derrière votre oreille.

— Je suis ravi que vous ayez accepté mon invitation, dit-il simplement, comme si tout cela était parfaitement naturel.

Puis il se recule et déplie à nouveau son journal.

— Vous permettez que je termine ma lecture?

Vous lui jetez un regard outré, mais il ne semble pas s'en apercevoir. Cet homme souffle le chaud et le froid d'une façon qui vous est totalement inconnue.

Désemparée – et un peu vexée – vous attrapez le magazine qui est resté dans votre sac à main, et l'ouvrez au hasard, en faisant mine de ne plus prêter attention à votre voisin.

«Si quelqu'un me prend en photo avec son portable, je vais me retrouver en couverture des magazines people» songez-vous, en jetant un œil autour de vous. Mais la classe affaires est plutôt fréquentée par des hommes en costume que par des paparazzis en herbe, et personne ne semble vous prêter attention.

Perdue dans vos pensées, vous faites semblant de parcourir votre magazine. Que va-t-il se passer après dîner? L'attente vous effraie autant qu'elle vous excite.

Soudain, vous sentez le souffle de Louis sur votre joue. Vous sursautez alors qu'il murmure :

— À votre place, je ne m'inquiéterais pas trop pour ça…

Vous tournez un regard perplexe vers lui. De quoi parle-t-il?

Louis sourit et désigne la page sur laquelle votre magazine est ouvert. Vous rougissez en lisant le titre de l'article, «Orgasme : mode d'emploi», et le refermez précipitamment. Vous avez de la chance : l'hôtesse arrive justement avec les entrées.

Votre foie gras est accompagné de pain d'épices et servi avec un vin blanc moelleux. Pour masquer votre gêne, vous commencez à manger. Un régal! Mais ce qui vous détend vraiment, ce n'est pas le repas, mais le comportement de Louis. Il a refermé son journal, et vous avez enfin entamé une conversation à peu près normale. Louis vous pose des questions sur votre vie, il se montre même intéressé par les projets dont vous lui parlez.

Vous l'observez attentivement pendant qu'il vous expose son point de vue sur le futur des réseaux sociaux : sa mâchoire décidée, ses yeux d'un bleu très clair, sa façon de froncer les sourcils sans arrêt. Mais ce n'est pas tant son physique qui est remarquable que son charisme, son autorité naturelle…

Vous ne sauriez pas expliquer pourquoi, mais tout chez lui vous impressionne. Lorsque l'hôtesse vient débarrasser vos cafés, le regard de Louis se fait de nouveau perçant, et vous comprenez que la trêve est terminée.

Louis approche sa bouche à quelques centimètres de votre oreille, et souffle :

— Nous allons jouer, vous et moi.

Aussitôt, vous sentez votre ventre se nouer, et une sensation de chaleur envahir votre bas-ventre.

Vous levez le regard vers lui, attendant qu'il s'explique.

— Pour commencer, vous dit-il d'une voix aussi détachée que s'il vous demandait l'heure, vous allez vous rendre aux toilettes, enlever votre petite culotte et me la rapporter.

Sans attendre votre réponse, Louis se lève pour vous laisser accéder à l'allée. Comme un automate, vous vous levez à votre tour, et avancez dans l'allée en direction des toilettes. Mille questions se bousculent dans votre tête, mais la plus importante est : allez-vous accepter d'entrer dans le jeu de Louis ?

Si vous décidez d'obéir, rendez-vous en 50.

Si vous préférez vous éclipsez tant qu'il en est encore temps, c'est en 55.

50

Vous fermez la porte des toilettes derrière vous, le cœur battant, les jambes en coton. Un coup d'œil à votre reflet dans le miroir vous confirme votre excitation : vos joues sont rosies, vos yeux brillants...

Vous qui vouliez sortir de l'ordinaire... vous ne vous doutiez pas que ce vol allait vous en offrir bien plus que tout ce que vous auriez pu imaginer ! Mais maintenant que vous vous êtes lancée, vous vous sentez euphorique. De plus en plus, la gêne laisse la place à la fierté de vous dépasser.

Les mains tremblantes, vous enlevez votre petite culotte – heureusement, elle est tout à fait présentable : noire et très simple, avec juste une bordure de dentelle – et vous la glissez dans votre sac à main.

À peine avez-vous réajusté votre robe que vous vous sentez étrangement vulnérable. Il vous faut quelques minutes avant de vous décider à sortir de votre refuge.

Bien sûr, vous savez que personne ne peut savoir ce que vous venez de faire ni se rendre compte que vous êtes nue sous votre robe… Pourtant, vous ne pouvez vous empêcher de craindre d'être découverte.

Quand vous arrivez devant le siège de Louis, il prend tout son temps pour refermer son journal et lever la tête vers vous. Puis, au lieu de sortir pour vous laisser passer, il étend les jambes.

— Je crois que vous allez devoir m'enjamber, annonce-t-il sans vous quitter des yeux.

Vous rougissez jusqu'à la racine des cheveux : vous ne vous êtes jamais sentie aussi exposée. Prudemment, vous levez une jambe pour passer au-dessus de lui. La situation semble beaucoup l'amuser. Contrairement à ce que vous craigniez – ou espériez, à ce stade, vous ne savez plus vraiment –, il n'esquisse aucun geste vers vous.

Enfin, vous rejoignez la sécurité de votre fauteuil. Automatiquement, vous croisez les jambes. Louis secoue la tête et vous assène une tape sur la cuisse.

Vous lui jetez un regard étonné.

— Écartez les jambes.

Le ton est sec, et vous vous surprenez à obéir immédiatement. L'air gourmand avec lequel Louis vous regarde à présent vous donne la sensation d'être la plus belle femme du monde. Vous seriez prête à accepter beaucoup d'autres ordres pour qu'il continue à vous dévisager de cette façon.

— Donnez-moi votre culotte.

Vous fouillez dans votre sac à main et roulez le sous-vêtement en boule avant de le lui tendre.

Au lieu de l'empocher immédiatement, Louis le déroule pour l'observer sous vos yeux horrifiés. D'un rapide coup d'œil autour de vous, vous constatez que la plupart des passagers sont à présent en train de regarder un film, quand ils ne dorment pas déjà. En tout cas, personne ne semble remarquer le manège de Louis.

— Très jolie, commente-t-il, avant d'enfouir – enfin! – votre culotte dans la poche de son pantalon. Maintenant, étendez la couverture sur vos jambes.

La couverture, encore dans son sachet en plastique, se trouve à vos pieds. Vous vous contorsionnez pour la récupérer avant de la déplier et d'en couvrir vos jambes.

Vous avez l'impression que votre cœur va exploser dans votre poitrine et vous sentez une goutte de sueur perler sur votre front.

— Remontez votre robe jusqu'à votre taille.

Après une seconde d'hésitation, vous vous exécutez. Vous êtes protégée par la couverture, ça ne fera de toute façon aucune différence. Pourtant, dès que la peau de vos fesses entre en contact avec le tissu du siège et que la couverture touche vos cuisses nues, vous sentez que vous commencez à mouiller.

Louis observe attentivement votre visage, guettant tout ce qui pourrait trahir votre excitation, votre gêne, n'importe quelle émotion… Et il semble satisfait de ce qu'il voit.

À son tour, il se penche pour fouiller parmi les affaires mises à disposition des passagers, puis il se redresse, une pochette à la main.

— Mettez ça, reprend Louis, avec un sourire. Vous allez vous reposer un peu…

Vous attrapez la pochette et froncez les sourcils avant de comprendre de quoi il s'agit: un masque pour les yeux. Dès que vous l'aurez enfilé, vous serez dans le noir.

Vous jetez un regard affolé à Louis.

— Faites-moi confiance, vous souffle-t-il à l'oreille. Je ne vous veux que du bien. Beaucoup de bien.

Vous sentez votre sexe se contracter, impatient. Vous vous décidez à mettre le masque. Vous guettez le moindre mouvement, le moindre son qui pourrait vous éclairer sur les intentions de Louis. Pendant de très longues minutes, il ne se passe rien. Vous entendez les bruits de l'avion, une conversation de deux voyageurs qui passent dans l'allée…

Soudain, la couverture se soulève légèrement et la main de Louis glisse le long de votre cuisse. Sa paume est fraîche sur votre peau brûlante et vous sursautez.

— Je vous conseille d'être discrète.

Lentement, sa main remonte de plus en plus haut. Votre bassin avance pour venir à sa rencontre. Enfin, ses doigts atteignent votre fente humide. Un courant électrique parcourt tout votre corps et vous devez vous mordre les joues pour ne pas crier.

Il parcourt vos lèvres trempées, les étire, les écarte. Un doigt vous pénètre, puis un second. Après quelques va-et-vient qui semblent destinés à évaluer votre degré d'excitation, il se retire. Son majeur remonte et déniche votre clitoris gorgé de sang. Cette fois, vous ne pouvez retenir un gémissement étouffé.

Louis ne semble pas craindre d'être découvert, et il accentue la pression, tournant avec une lenteur calculée autour de votre bourgeon. Vous haletez et ondulez du bassin. Votre plaisir est décuplé par le noir complet dans lequel vous êtes plongée et par votre ignorance totale de ce que Louis prépare. Vous êtes sur le point de jouir quand brusquement, il enlève sa main.

Vous sentez son visage s'approcher du vôtre.

— Vous jouirez quand je l'aurai décidé, murmure-t-il.

Vous serrez les dents de frustration et de colère. Vous levez la main pour retirer votre masque, mais la poigne ferme de Louis vous en empêche.

— Vous auriez tort de tout arrêter maintenant, déclare-t-il calmement. Vous passeriez à côté du meilleur…

Puis il vous lâche la main. Après quelques secondes d'hésitation, vous la reposez sagement à côté de vous sur le siège. Vous ne voulez pas que ça s'arrête.

Vous êtes de nouveau dans l'attente. Vous entendez le bruit d'une fermeture éclair. «Il doit avoir ouvert son sac de voyage», comprenez-vous, curieuse de savoir ce qu'il peut bien y chercher.

Découvrez-le en 51.

51

Quelques instants plus tard, vous sentez la couverture se soulever une nouvelle fois. Mais ce n'est pas la main de Louis qui se présente à l'entrée de votre sexe. Vous sentez le contact froid d'un objet en plastique. Un *sex toy*? Sans pouvoir le toucher, difficile de dire de quoi il s'agit…

Fermement, Louis introduit l'objet entre vos lèvres lubrifiées et vous pénètre sans difficulté. Il vous semble assez large, mais alors que vous vous attendiez à des va-et-vient, vous êtes surprise de constater qu'il est entré entièrement en vous. C'est donc un petit objet, plutôt arrondi, d'après ce que vous pouvez en percevoir.

« Des boules de geisha, peut-être ? »

Vous n'avez pas le temps de vous interroger plus longtemps : les doigts de Louis sont de nouveau en train de jouer avec votre clitoris, le pinçant, le massant au point que vous vous sentez bientôt au bord de l'orgasme. Les parois de votre vagin se serrent autour de l'objet que Louis y a introduit, mais sans que cette pénétration vous satisfasse vraiment.

Alors que vous êtes sur le point de basculer, Louis retire soudainement sa main. Vous poussez un petit cri de frustration, bientôt remplacé par de la surprise quand Louis ôte votre masque. Vous clignez des yeux, éblouie par la lumière pourtant tamisée qui règne dans l'avion. Vous lancez un regard noir à votre voisin : pourquoi s'interrompre maintenant ?

— J'aimerais que vous alliez me chercher un verre au bar.

Le ton moqueur de Louis provoque chez vous de la colère : qu'est-ce qui lui prend ? croit-il que vous allez trouver excitant de jouer les serveuses alors que vous étiez au bord de l'orgasme ? De quelle petite distraction cruelle êtes-vous victime ? Finalement, la curiosité l'emporte et vous décidez de rentrer dans son jeu

— Très bien, répondez-vous néanmoins sèchement en rabaissant votre robe avant de repousser la couverture. Qu'est-ce que vous voulez boire ?

— Un whisky. Sans glace.

Vous vous faufilez jusque dans l'allée et faites quelques pas en direction de l'espace bar avant de vous immobiliser brutalement. Le jouet que Louis a introduit dans votre intimité vient de se mettre à vibrer ! Vous vous retournez vers lui. Il vous sourit et vous montre la mini-télécommande qu'il tient à la main.

Vous prenez une grande inspiration et recommencez à marcher, plus lentement. Vous ne voulez rien laisser paraître… mais impossible d'ignorer les vibrations qui irradient dans votre ventre. Chaque pas fait bouger l'objet qui est en vous, provoquant des vagues de plaisir qui manquent de vous faire perdre contenance.

Quand vous arrivez enfin au bar, vous peinez à garder conscience de votre environnement. Le souffle court, le cerveau embrumé par les sensations, vous passez commande tout en redoutant que l'hôtesse remarque votre trouble. Mais si cette dernière vous jette un regard interrogateur, elle semble rassurée par le faible sourire que vous réussissez à esquisser.

Quelques minutes plus tard, vous repartez vers votre place. Vous avez déjà fait une dizaine de mètres quand vous vous rendez compte que des glaçons flottent dans le liquide ambré.

« J'ai oublié… Tant pis, pas question que j'y retourne avec ce machin à l'intérieur de moi ! »

Vous avez la nette impression que l'intensité des vibrations ne fait qu'augmenter, et il vous est de plus en plus difficile de marcher ; si vous faites l'aller-retour au bar, vous ne réussirez jamais à revenir vous asseoir à côté de Louis.

Vous vous arrêtez dans l'allée à plusieurs reprises, saisie par un courant de plaisir intense. Quand vous rejoignez enfin votre fauteuil et tendez son verre à Louis, vous êtes au summum de l'excitation. S'il vous demandait de l'enfourcher, là, au beau milieu de l'avion, vous le feriez sans hésitation, tant vous ne pensez plus qu'à une seule chose : jouir enfin.

Vous vous asseyez, replacez la couverture sur vos jambes et relevez votre robe sans même attendre que Louis vous le demande. Il ne semble pas le remarquer, occupé qu'il est à examiner son verre.

— Je vous avais pourtant dit que je ne voulais pas de glace…

Son ton est cinglant. Vous déglutissez avec difficulté avant de bredouiller des excuses.

— Vous savez ce qui se passe quand on ne respecte pas mes ordres? demande-t-il avec un regard noir.

Vous secouez la tête, alors même que vous ne pouvez que deviner ce qui va suivre.

— Vous êtes punie, termine-t-il, en plongeant ses doigts dans son verre. Il en sort un gros glaçon, qu'il suçote un instant. Puis, sans vous quitter des yeux, il le reprend entre son pouce et son index.

— Ne criez pas.

Il passe la main sous la couverture, et d'un geste vif, plaque le glaçon sur votre sexe brûlant. Si vous n'aviez pas pressé votre main contre votre bouche, votre cri aurait forcément alerté vos voisins… Passé le choc, vous ressentez des picotements désagréables, mais pas vraiment douloureux. Rapidement, le glaçon se met à fondre, inondant encore un peu plus votre sexe malmené.

Soudain, le vibromasseur se réveille, vous faisant oublier la morsure de la glace. Quand il voit que votre respiration s'accélère, Louis vous pénètre avec un doigt, puis un deuxième. Il fait glisser l'œuf vibrant à l'extérieur de votre sexe, puis l'utilise pour stimuler vos lèvres et votre clitoris.

Votre corps se tend. Vous sentez le plaisir monter irrémédiablement, mais vous redoutez de vous laisser aller, craignant une nouvelle « punition» de la part de Louis. Enfin, il se penche vers vous, et ordonne :

— Jouissez, maintenant !

Puis il plaque le jouet exactement sur votre clitoris. Vous fermez les yeux et vous vous laissez submerger par la vague de votre jouissance. Vous oubliez complètement l'endroit où vous vous trouvez, tous vos muscles se contractent, l'orgasme explose dans tout votre corps en milliers d'échardes électriques.

Vous ne rouvrez les yeux que quelques minutes plus tard, le corps moulu, comme si vous aviez couru un marathon.

— Tenez, vous dit Louis, en vous tendant votre culotte, si vous voulez aller vous rafraîchir un peu.

Vous clignez des yeux, abasourdie. Il semble si à l'aise, détendu, maître de lui... Il est si froid alors que vous venez de vivre un moment si intense et si intime.

Vous récupérez votre sous-vêtement et l'enfouissez dans votre sac à main.

Levez-vous en 52.

Vous rejoignez l'allée, chancelante, et vous vous dirigez vers les toilettes.

Une fois la porte refermée, vous vous observez dans le miroir. Vous vous attendiez à ce que l'intensité de l'orgasme que vous venez de vivre se lise sur votre visage, mais il n'en est rien. Un léger rose aux joues est le seul indice prouvant que vous ne venez pas de rêver.

Vous remettez votre culotte. Rien ne s'est passé comme vous auriez pu l'imaginer. Vous avez joui en public. N'importe qui aurait pu vous voir, deviner ce que Louis était en train de faire sous cette couverture.

Vous rougissez en vous souvenant soudain que vous avez gémi à plusieurs reprises. «Peut-être que nos voisins nous ont entendus?» Cette idée vous terrifie. Il y a encore quelques minutes, vous étiez si excitée que votre environnement ne vous importait plus du tout. Mais à présent, c'est la seule chose à laquelle vous pouvez penser.

Vous vous imaginez ressortir des toilettes, et rebrousser chemin pour rejoindre Louis. Vous asseoir à côté de lui… et quoi? Attendre ses prochaines consignes? Qui sait ce qu'il pourrait vous pouser à faire?

« Non, ça suffira pour la journée… Peut-être même pour toutes les vacances!» décidez-vous en réajustant votre robe.

La seule chose dont vous ayez vraiment envie maintenant, c'est de calme et de repos. Et pour ça, vous ne voyez qu'une solution: retourner discrètement à votre place en éco. Vous vous sentez tout de même un peu coupable. Étrange… Alors que vous ne le connaissez que depuis quelques heures, il vous semble déjà difficile d'échapper à Louis. Vous avez l'impression de commettre une faute en prévoyant de lui fausser compagnie. Vous secouez la tête.

« C'est idiot. Je ne lui dois rien.»

Vous prenez une grande inspiration, et ouvrez la porte.

Retournez à votre place en 53.

53

Vous vous faufilez dans l'allée, en direction de l'escalier avant. Une fois parvenue devant les marches sans encombre, vous jetez un coup d'œil autour de vous pour vérifier qu'il n'y a personne à l'horizon, puis vous descendez.

Une surprise vous attend en bas : vous débouchez dans un étroit couloir, qui donne accès à plusieurs portes. Elles sont toutes fermées, et rien n'indique de quoi il s'agit. Qui sait quels secrets se cachent de l'autre côté ? Même si vous êtes curieuse de le savoir, vous n'avez pas l'intention d'être prise en flagrant délit d'exploration solitaire de l'avion... Il ne manquerait plus qu'on vous prenne pour une terroriste !

Aussitôt, votre imagination s'emballe : vous vous voyez attendue à l'aéroport par des policiers à la mine patibulaire... Vous retenez un petit rire, mais pressez quand même le pas.

Quelques mètres plus loin, vous débouchez dans l'espace de la première classe. Là encore, vous essayez de vous faire aussi discrète que possible. Vous avez de la chance : les lumières sont tamisées et les passagers ont pour la plupart fermé les cloisons coulissantes qui les isolent des allées.

Vous parvenez donc sans problème à la classe éco que vous avez quittée quelques heures plus tôt. Comme vous y arrivez par l'autre côté, vous mettez quelques instants à vous repérer. Enfin, vous apercevez votre place, qui – heureusement – est toujours disponible.

Rejoignez-la en 16.

54

Vous souriez poliment à Louis, alors même que vous êtes en train de chercher un prétexte pour lui fausser compagnie. Son attitude, sa façon d'être si atrocement sûr de lui, certain que vous céderez à ses avances juste parce que c'est lui… c'est trop pour vous!

— Je vais aller me rafraîchir avant le dîner, annoncez-vous en vous levant.

Louis se lève à son tour pour vous laisser rejoindre l'allée. Une fois le rideau de séparation franchi, vous vous arrêtez pour reprendre vos esprits.

Ce moment passé avec l'homme d'affaires vous a suffi. Maintenant que vous savez à quoi vous en tenir, votre décision est prise : vous n'avez aucune envie de terminer le vol en sa compagnie.

« Il est sûrement encore temps de retourner à ma place en éco, vous dites-vous, en espérant qu'un autre passager ne s'y soit pas installé. »

Même si vous éclipser sans avertissement vous semble être impoli, vous n'imaginez pas une seconde retourner voir Louis pour lui expliquer que vous préférez le laisser terminer ce voyage tout seul; il vous impressionne tellement…

Vous vous dirigez donc vers l'escalier situé du côté du nez de l'avion. Vous descendez les marches en vous faisant toute petite et en croisant les doigts pour ne pas vous faire arrêter par le personnel navigant. En effet, en bas des marches, c'est la première classe… Et vous êtes sûre que vous n'y seriez pas franchement bien accueillie!

Par chance, les hôtesses doivent toutes être occupées à préparer le service du dîner car vous parcourez l'allée sans faire de rencontre.

Vous rejoignez la classe éco sans encombre, ravie de constater que votre place est toujours libre. Parfait!

Rejoignez-la en 37.

55

Vous vous dirigez effectivement vers les toilettes… mais sans la moindre intention d'obéir à l'ordre de Louis ! Non, vous voulez juste profiter de quelques instants de calme pour reprendre vos esprits après ce début de voyage plus que mouvementé.

Vous vous observez dans le miroir, perplexe. Dire que vous avez failli vous laisser entraîner dans le jeu de Louis ! Vous n'auriez jamais cru que ce genre d'homme vous ferait de l'effet… « Comme quoi, il ne faut jamais dire jamais. »

Ce n'est pas tant son physique – il est beau, mais pas irrésistible – que son attitude. Cette façon d'ordonner en étant certain d'obtenir…

Vous ressentez une certaine fierté à l'idée de lui résister. Lui, le célibataire le plus en vue du moment, le séducteur invétéré… Et vous, la jeune femme sérieuse et discrète. Sur le papier, vous ne faites pas le poids, et pourtant… Au lieu de vous impressionner, son palmarès vous rebute. Vous ne pouvez pas vous empêcher de penser à toutes les femmes qu'il a séduites.

« C'est évident, il est habitué à ce genre de situation.» vous dites-vous, en vous efforçant de respirer calmement. Hors de question d'être un numéro sur la liste de ses conquêtes. »

Une fois votre rythme cardiaque revenu à la normale, vous vous décidez à quitter les toilettes. Vous jetez un coup d'œil autour de vous. La voie est libre! Vous vous faufilez vers l'escalier situé près du nez de l'avion. En passant par là, vous n'aurez pas besoin de retraverser la classe affaires… En revanche, vous allez devoir passer par la première, qui se situe à l'étage inférieur. Tant pis : vous vous ferez discrète. Après tout, il vaut mieux vous faire sermonner par une hôtesse que vous retrouver nez à nez avec Louis au moment où vous essayez de lui fausser compagnie !

Vous avancez vers le nez de l'avion en 56.

56

L'A380 est un tel monstre que vous pourriez vous y perdre! Après avoir traversé la seconde partie de la classe affaires, vous parvenez à l'espace bar attenant. Le grand comptoir en demi-cercle est désert pour le moment, mais divers petits apéritifs y sont disposés : olives, cacahuètes, petits canapés…

Personne non plus sur les banquettes habilement agencées de manière à créer de petites alcôves intimes, propices aux conversations privées. Vous n'imaginiez pas trouver un tel lieu de détente dans un avion…

Vous poussez un soupir, regrettant que le comportement de Louis vous conduise à renoncer à tout ce luxe.

« Au moins maintenant, je sais à quoi ça ressemble ! » vous dites-vous en poursuivant votre chemin.

Soudain, une main se pose sur votre bras. Vous sursautez et tournez la tête pour découvrir un grand brun aux yeux noirs que n'aviez pas vu dans l'espace bar : d'où a-t-il bien pu arriver ?

— Qu'est-ce que vous voulez? demandez-vous, en dégageant votre bras.

— Vous, vous répond-il, avec un sourire carnassier.

Vous écarquillez les yeux, stupéfaite, et l'homme profite de cet instant d'hésitation pour vous attirer rapidement vers lui et presser ses lèvres sur les vôtres!

Un parfum poivré envahit vos narines. Vous restez paralysée pendant quelques secondes, avant de repousser l'inconnu et de faire un pas en arrière. Il lève les mains en signe d'apaisement.

— Je ne vous veux aucun mal. Vous pouvez partir si vous le voulez. Même si je préférerai que vous restiez…

L'homme est d'une beauté dangereuse, sa voix est grave, chaude. Il vous fixe d'un regard intense, brûlant.

Vous sentez encore son goût sur vos lèvres, et votre cœur bat la chamade.

Quelle va être votre réaction?

Allez-vous faire une folie en vous laissant faire en 57?

Ou le gifler et partir chercher de l'aide en 59?

Vos yeux plongés dans ceux de l'inconnu, vous vous sentez lâcher prise. Vous devriez protester, fuir… Ou en tout cas, c'est ce que vous feriez en temps normal. Mais à cet instant, seule avec lui au milieu de ce bar vide, en plein ciel, sans savoir si c'est la nuit ou le jour, vous avez l'impression d'être dans un rêve. De vivre un fantasme, pour être honnête. Vous avez souvent rêvé qu'un homme aux traits indistincts vous fasse l'amour puis disparaisse sans rien vous demander. Prendre du plaisir sans attaches, sans contraintes, sans sentiments.

Que pourriez-vous faire de plus fou? Quelle meilleure façon de rompre avec votre sérieux habituel? C'est parfaitement irrationnel, mais quelque chose dans les yeux de l'inconnu vous met en confiance. Vous ne vous sentez pas menacée. Non, plutôt… invitée. Et désirée.

L'homme semble lire dans vos pensées: il laisse retomber ses mains et fait prudemment un pas vers vous. Visiblement, il ne veut pas vous effrayer.

Vous l'observez en vous mordant la lèvre, puis hochez imperceptiblement la tête. Ce geste n'échappe pas à l'inconnu. En une seconde, il n'est plus qu'à quelques centimètres de vous. Il vous plaque contre lui, et s'empare de votre bouche avec une sauvagerie qui vous coupe le souffle. Ses mains se referment dans vos cheveux alors qu'il descend le long de votre cou, embrassant et mordillant votre peau sensible.

Vous sentez votre respiration s'accélérer. L'excitation vous emporte avec une rapidité que vous n'imaginiez pas possible. Vous sentez vos tétons durcir et pointer sous le mince tissu de votre robe, votre sexe palpiter. Comme si tout votre corps s'offrait à l'inconnu.

Sans un mot, l'homme vous repousse contre le comptoir, puis vous retourne d'un geste ferme. Le souffle coupé, vous vous accoudez au bois du bar, son haleine chaude dans votre cou vous fait frissonner de désir. Ses mains agrippent le bas de votre robe et vous vous débattez.

— Quelqu'un pourrait arriver! chuchotez-vous, en tentant de le repousser.

— C'est l'heure du repas, tout le personnel est occupé, vous répond-il, en remontant votre robe jusqu'à la taille. On a une dizaine de minutes devant nous.

L'air frais sur la peau, le contact du bar contre votre ventre, la vigueur de l'érection que l'homme presse contre vos fesses… tout se mélange dans un tourbillon insensé. Vous avez l'impression d'être dans un rêve, rien ne vous semble réel, et pourtant tout est si terriblement excitant.

La main de l'homme s'aventure entre vos jambes, caressant votre sexe brûlant. Vous gémissez longuement, en rejetant votre tête en arrière. Quand ses doigts écartent le tissu de votre culotte et effleurent vos lèvres trempées, vous devez vous accrocher au comptoir pour ne pas tomber à la renverse.

Ses gestes sont brusques, rapides. Tout vous rappelle que vous pourriez être surpris à chaque instant. Ce sentiment d'urgence décuple chacune de vos sensations. Votre corps répond immédiatement à la moindre stimulation, avide de plaisir.

Votre sexe se resserre autour des doigts de l'inconnu tandis que son autre main pétrit votre sein. Votre bassin se met à onduler violemment, mais l'homme retire ses doigts. Vous entendez le bruit d'une fermeture éclair, et quelques secondes plus tard, sa queue dressée se presse à l'orée de vos fesses.

Ses mains quittent votre corps, et vous comprenez que l'homme attrape un préservatif et l'enfile. Bientôt il guide sa queue entre vos jambes, où elle vient frotter contre le tissu de votre culotte.

Ses mains reviennent sur vos seins, baissent violemment le tissu élastique de votre robe, puis votre soutien-gorge, et viennent enfin dénicher vos tétons, les pincer, les étirer. Vous poussez un cri étouffé.

Vous voulez vous retourner pour l'embrasser, mais l'homme vous maintient fermement contre lui. Une main se pose sur votre taille, tandis que l'autre écarte votre culotte.

En un coup de reins, il vous pénètre profondément. Le gémissement rauque qui résonne à votre oreille vous rend folle. Vous poussez vos fesses contre lui pour accentuer encore la profondeur de la pénétration.

Sa main remonte sur votre épaule pour vous pencher sur le comptoir, vos seins nus entrent en contact avec le bois poli. Son autre main passe entre vos jambes et son majeur trouve votre clitoris gonflé de sang. Il reprend alors ses coups de boutoir, qu'il accompagne de caresses appuyées sur votre bouton.

Inexorablement, vous sentez le plaisir monter. C'est comme si l'urgence s'était emparée de tout votre corps, et que chacun de vos muscles se tendait de concert, vous guidant vers la jouissance. Votre ventre se serre, vous gémissez un peu plus fort à chaque pénétration.

Soudain, un éclair de plaisir vous secoue et vous perdez pied, emportée par la lame de fond de votre orgasme, qui fait perdre le contrôle à l'inconnu. Il jouit à son tour en poussant un long soupir rauque. Pendant quelques secondes, vous ne bougez ni l'un ni l'autre. Puis vous reprenez conscience de ce qui vous entoure et vous redressez brusquement.

L'inconnu se retire et vous réajustez précipitamment votre robe. Vous vous penchez pour ramasser votre sac à main et, quand vous vous redressez, l'homme a déjà refermé son pantalon. Vous passez la main dans vos cheveux, et jetez un œil dans le miroir derrière le comptoir. Votre joue est un peu rouge à l'endroit où vous l'avez appuyé sur le comptoir, mais en dehors de ça, rien ne révèle ce que vous venez de vivre.

Tout à coup, le rideau de séparation s'écarte pour laisser passer une hôtesse.

« Mon Dieu! Si elle était arrivée une minute plus tôt…» vous dites-vous, horrifiée.

— Désolée de vous avoir fait attendre! s'exclame l'hôtesse, en vous voyant tous les deux debout devant le bar. Que puis-je vous servir?

— Un verre de Bordeaux, s'il vous plaît, annonce l'inconnu très calmement.

« C'est impressionnant, songez-vous. Sa voix est tout à fait normale.» Vous ne pouvez vous empêcher de vous interroger: est-il un très bon acteur? Ou bien est-ce un habitué de ce genre de choses?

Lorsque l'hôtesse se tourne vers vous avec un regard interrogateur, vous vous contentez de secouer la tête, avant de balbutier:

— Rien pour moi, merci.

Les yeux baissés pour ne surtout pas croiser le regard de l'inconnu, vous repartez en direction de l'escalier avant, et descendez précipitamment les marches, en priant pour que l'hôtesse ne vous demande pas où vous allez.

Une fois arrivée en bas, vous vous arrêtez quelques secondes pour prendre une grande inspiration.

Reprenez vos esprits en 58.

58

«C'était dingue!» vous dites-vous, les jambes encore tremblantes.

Tout a été si vite que vous avez du mal à croire que vous n'avez pas rêvé… Vous n'en revenez pas : vous l'avez fait! Vous avez fait l'amour avec un inconnu, debout, au milieu de l'espace bar. Et vous vous sentez bien. Aucun remords, juste les sensations, ce plaisir intense et fulgurant, cette excitation, l'adrénaline qui parcourt encore vos veines.

Jamais vous n'auriez cru être capable de vous libérer de cette façon, d'oublier votre pudeur, vos appréhensions. Vous vous êtes laissée emporter par le moment, vous avez profité de l'instant présent sans vous poser mille questions.

Et ça fait un bien fou.

Souriante, vous reprenez votre route, traversant la première classe sans même jeter un œil autour de vous. Vous êtes sur un petit nuage, soudain invincible. Le simple fait de savoir que vous êtes capable de prendre un tel risque, d'oser faire une chose si folle vous remplit de confiance en vous. Vous vous sentez prête à conquérir le monde. Et plus important encore : vous vous sentez prête à partir à la découverte de votre vraie personnalité, libérée des contraintes de la jeune femme sage que vous avez toujours pensé être.

Quelques minutes plus tard, vous parvenez en classe éco. Vous vous tordez le cou pour vérifier si votre place est encore libre, et poussez un soupir de soulagement, en constatant que c'est le cas.

Allez vous détendre en 16.

— Non, mais ça va pas? hurlez-vous, en giflant l'inconnu. Vous vous prenez pour qui?

Surpris, l'homme porte la main à sa joue en riant : il ne semble pas le moins du monde décidé à s'excuser! Vous êtes si furieuse que vous en tremblez.

Vous lui jetez un nouveau regard noir, avant de vous éloigner d'un pas décidé vers la classe affaires.

« Hors de question qu'il s'en sorte comme ça!», vous dites-vous, en cherchant une hôtesse du regard. Vous n'avez pas à attendre bien longtemps : le jeune steward blond se dirige vers vous, alerté par le cri que vous avez poussé quelques instants plus tôt.

— Tout va bien, madame?

Vous lui expliquez le plus calmement possible ce qui vient de se passer au bar. Visiblement, ce n'est pas la première fois que le jeune homme doit faire face à ce genre de situation. Utilisant le téléphone mural, il appelle des collègues. Quelques minutes plus tard, une hôtesse et un steward bien bâti vous rejoignent.

— Vous voulez bien venir avec nous pour identifier l'homme en question? vous demande le jeune steward.

— Oui, bien sûr… marmonnez-vous.

Même si vous n'avez pas très envie de le revoir, vous serez plus tranquille de le savoir surveillé jusqu'à la fin du vol. Vous emboîtez donc le pas aux trois membres de l'équipage, et quelques instants plus tard, vous entrez dans l'espace bar.

L'inconnu est tranquillement installé sur une des banquettes, en train de déguster un verre de vin rouge. Comme si de rien n'était!

— C'est lui? vous demande le steward.

Vous acquiescez, et restez en retrait avec l'hôtesse, pendant que les deux hommes s'approchent de votre «agresseur». Vous n'entendez pas la conversation, mais ce dernier perd bientôt son petit sourire… et c'est encadré par les deux stewards qu'il quitte le bar.

— Il sera présenté à la police en arrivant, vous explique l'hôtesse. Et les Américains ne plaisantent pas avec ce genre de choses… Vous avez bien fait de venir nous chercher.

Peu à peu, vous sentez la colère redescendre. Les battements de votre cœur se calment. L'hôtesse s'assure que vous allez bien avant de retourner s'occuper du dîner et vous décidez de rester quelques minutes au bar, le temps de reprendre vos esprits…

Soufflez en 60.

60

Vous vous servez un grand verre d'eau gazeuse, et vous installez sur une banquette pour le boire tranquillement. Vous poussez un soupir. Avez-vous eu une réaction disproportionnée en appelant le steward à l'aide?

— Comment vous sentez-vous?

Vous levez le nez, surprise. Le jeune steward blond est de retour. Vous ne l'aviez pas entendu arriver. Il semble sincèrement inquiet pour vous. Vous lui souriez.

— Mieux, merci beaucoup. Mais j'avoue que ce vol est un peu trop mouvementé à mon goût…

— Vous ne retournez pas à votre place? vous interroge-t-il. Votre ami doit se demander où vous êtes…

D'un signe de tête, il vous désigne la direction de la classe affaires. Vous mettez quelques instants à comprendre de qui parle le jeune steward. Louis! Cette histoire vous a fait complètement oublier l'homme d'affaires…

— Ce n'est pas exactement mon ami, expliquez-vous, en secouant la tête. Et pour être honnête, je n'ai aucune envie de retourner là-bas.

— Je peux? vous demande le jeune steward, en désignant la banquette à côté de vous.

— Oui, bien sûr!

Le jeune homme s'assoit et vous tend la main.

— Sam.

Vous souriez avant de vous présenter à votre tour. Vous trouvez sa présence réconfortante : avec lui au moins, vous ne vous sentez pas en danger. Et à cet instant, on peut dire que c'est un changement bienvenu!

— Vous croyez que je peux passer le reste du vol assise au bar? lancez-vous avec une moue de petite fille.

Le jeune homme rit.

Alors que vous buvez une nouvelle gorgée d'eau, vous vous rendez compte que vos mains tremblent. Sam semble l'avoir remarqué lui aussi : il vous prend le verre des mains pour le reposer sur la tablette en plastique à côté de lui. Ensuite, il vous prend doucement la main. Le contact de sa paume chaude contre la vôtre est rassurant.

— Vous avez eu peur, c'est normal d'avoir un contrecoup, vous rassure-t-il. Vous avez très bien réagi.

Vous levez la tête vers lui, reconnaissante. Il passe un bras autour de vos épaules et vous attire contre lui.

— Là, chuchote-t-il. Laissez-vous aller…

Vous vous appuyez contre son épaule bienveillante. Son étreinte est protectrice, sa chaleur vous fait un bien fou. Mais après quelques minutes, vous devenez consciente de son souffle dans vos cheveux, de sa main dans votre dos, des muscles de son torse contre votre poitrine. Ce qui était un geste de réconfort devient peu à peu troublant. Le parfum frais du steward se dépose sur vos vêtements, et vous frissonnez, sans plus oser bouger un cil de peur de rompre le charme.

— Vous vous sentez mieux?

Relevez la tête en 61.

Troublée, vous relevez les yeux vers Sam. Quand vous découvrez de nouveau le visage du jeune homme, il vous semble tout à fait différent. Plus mûr. Séduisant. Protecteur. Vous ne voyez plus le jeune adulte, mais l'homme…

— Quel âge avez-vous, Sam? demandez-vous, en vous redressant.

Le jeune homme vous sourit.

— 24 ans.

— Vous faites plus mûr, murmurez-vous, sans réfléchir.

— Peut-être est-ce parce que je suis l'aîné d'une fratrie de cinq enfants ? répond-il en souriant.

— Ce doit être formidable, de grandir dans une famille nombreuse, non? demandez-vous.

Vous essayez simplement d'être polie : au fond, vous avez toujours été satisfaite d'être fille unique. L'idée de partager l'amour de vos parents vous semble un peu étrange, voire même effrayante…

— En fait, pendant des années, c'est moi qui me suis occupé d'eux, souffle Sam. Ma mère était dépressive et mon père travaillait beaucoup. Je crois que c'est pour ça que je ne fais pas mon âge… ça fait longtemps que je ne suis plus un jeune homme insouciant.

Vous le regardez, étonnée qu'il se confie à vous de cette manière.

— Je suis sûre que vous êtes un grand frère formidable, chuchotez-vous.

— C'est ce que j'espère. Mais quand je suis en vol, je me sens toujours un peu coupable. J'ai l'impression de m'échapper… et de les abandonner.

Soudain, il secoue la tête.

— Je suis désolé de vous embêter avec mes histoires… J'étais censé vous réconforter, et je me retrouve en train de me plaindre… termine-t-il, en passant la main dans ses cheveux, l'air embarrassé.

— Non, non, ne vous inquiétez pas. J'ai toujours bien aimé écouter les histoires des autres…

Vous baissez les yeux, sans poursuivre votre phrase. Peut-être que si vous aviez eu le courage de vous opposer à vos parents, vous auriez fait une fac de psycho, plutôt qu'une école de commerce? Qui sait à quoi ressemblerait votre vie aujourd'hui… Mais est-il vraiment trop tard?

Vos pensées sont interrompues quand Sam s'exclame:

— Hé! Je sais ce qui vous ferait du bien. C'était la seule chose qui fonctionnait avec Léa quand elle était petite et qu'elle faisait des cauchemars…

Votre curiosité est piquée. Mais d'un autre côté, vous avez eu votre compte de surprises pour aujourd'hui…

Allez-vous suivre le jeune steward en 62?

Ou retourner directement à votre place en éco en 69?

62

Vous vous levez pour suivre le jeune homme, qui se dirige vers le nez de l'avion, et s'arrête devant l'escalier qui descend vers le pont inférieur.

— Essayez de ne pas faire de bruit, vous souffle-t-il.

Vous hochez la tête et le suivez en silence.

Une fois arrivés au bas des marches, vous vous engagez dans un étroit couloir. De part et d'autre, des portes fermées. Le steward se dirige vers la dernière porte sur la gauche. Il frappe, puis attend quelques secondes.

— C'est bon, il n'y a personne, vous chuchote-t-il, en sortant une clef de sa poche pour ouvrir la porte.

D'un geste, il vous invite à le suivre. Une fois la porte refermée, Sam vous explique, à voix haute à présent :

— Une des particularités de l'A380, c'est que des douches sont à disposition des passagers de première… J'ai pensé que ce serait un bon moyen de vous détendre, qu'en dites-vous ?

Vous souriez devant le regard plein de bonne volonté du jeune homme. En plus d'être très beau, Sam
est attentionné…

— Mais que se passera-t-il si un passager de première veut utiliser la douche? l'interrogez-vous, en
pensant que vous aurez du mal à vous détendre si
vous devez craindre d'être chassée à chaque instant.

— C'est vraiment très rare qu'un passager utilise
la douche à cette heure-ci. C'est plutôt au réveil qu'ils
veulent se rafraîchir. De toute façon, je monterai la
garde.

Rassurée, vous regardez autour de vous : la cabine
est aménagée comme un petit vestiaire. Une banquette est disposée sous une petite tablette en bois
clair, devant un grand miroir. Plusieurs gros peignoirs
blancs sont suspendus sous une tringle, et quand
Sam ouvre le petit placard à côté, vous découvrez de
grandes serviettes de bain blanches.

Il ouvre ensuite la petite porte sur la gauche de
la coiffeuse, et vous fait signe d'entrer. Il s'agit de la
salle de douche, divisée en deux parties. Au fond, la
douche proprement dite, une cabine transparente,
très simple. Et juste devant vous, une seconde banquette, plus petite que la première, et un grand miroir,
ainsi qu'une tablette sur laquelle sont disposés deux
petits coffrets en bois remplis de produits de beauté.

Sam dépose un peignoir et une serviette sur la
banquette, puis désigne les produits.

— Shampoing, après-shampoing, gel douche,
brosse à dents… Il y a tout ce dont vous pourriez
avoir besoin ici, annonce-t-il, fier de lui. Vous n'avez
plus qu'à vous servir! Alors, ça vous tente?

Vous éclatez de rire.

— Complètement, oui! Merci, Sam, c'est une excellente idée, vraiment.

Le jeune homme rougit, et s'empresse de reprendre:

— Comme vous n'êtes pas censée être là, je préfère vous attendre de l'autre côté. La porte se ferme de l'intérieur, ajoute-t-il en vous montrant le verrou avant de s'éclipser.

Une fois seule, vous regardez autour de vous, incrédule. Prendre une douche dans un avion en vol...

« C'est quand même formidable le progrès!» pensez-vous, en vous déshabillant.

Un moment de détente vous attend en 63.

63

Une fois nue, vous entrez dans la cabine, et ouvrez le robinet. L'eau chaude coule sur vos cheveux et sur votre peau. En à peine quelques minutes, vous vous sentez déjà mieux. Détendue. Vous en oublieriez presque toutes les péripéties du jour !

Vous vous lavez soigneusement les cheveux avec un shampoing à la délicieuse odeur de mangue avant de vous savonner le corps.

Pendant que vous vous rincez, laissant l'eau chaude ruisseler sur vous, vos pensées dérivent vers le jeune steward. Le fait de savoir que Sam est à moins d'un mètre de vous, en ce moment même, de l'autre côté d'une mince cloison alors que vous êtes nue vous trouble. Alors même que le jeune homme semble être le seul à ne pas vous considérer comme une proie aujourd'hui, vous ne pouvez empêcher votre imagination de vagabonder…

Peut-être même est-ce justement son innocence qui vous attire. Le contraste entre son visage si jeune et si innocent et son corps musclé vous perturbe. Depuis le moment où vous l'avez aperçu pour la première fois en entrant dans l'avion, il vous a attiré. Et le fait de découvrir un garçon attentionné et responsable n'a fait qu'accentuer votre trouble.

Il serait si facile de l'appeler. Vous êtes tellement en confiance avec le jeune steward que vous n'avez même pas fermé le verrou... Il n'aurait qu'à pousser la porte.

Vous fermez les yeux pour vous représenter le jeune et beau Sam vous rejoignant sous le jet d'eau chaude, ses mains sur votre corps, sa chaleur contre vous...

Un frisson parcourt tout votre corps. Vous vous rendez compte avec stupeur que vous avez envie de Sam, envie qu'il vous rejoigne sous cette douche brûlante en plein ciel... Mais oserez-vous le lui demander ? Et s'il refusait ? Après tout, rien ne dit que vous êtes à son goût... Il ne vous a montré aucun signe d'intérêt.

« Mais quand il m'a pris dans ses bras tout à l'heure, j'ai ressenti qu'il se passait quelque chose. Je suis sûre que je n'ai pas rêvé... »

Vous hésitez, perturbée. Vous savez que vous ne pouvez pas rester éternellement dans cette salle de douche... Il faut vous décider.

Voulez-vous proposer à Sam de vous rejoindre en 64 ?

Ou bien préférez-vous profiter tranquillement de cette douche pas comme les autres en 65 ?

64

Pour une fois, vous décidez de faire confiance à votre instinct. Et ce dernier vous dit que le jeune Sam a très envie lui aussi de vous rejoindre sous la douche.

Vous sortez de la douche en laissant l'eau couler, puis prenez une grande inspiration avant d'ouvrir la porte. Vous avez un peu l'impression de sauter en parachute... en laissant votre ancienne vie ennuyeuse derrière vous! Vous passez la tête par l'entrebâillement:

— Sam?

Le jeune homme, qui était visiblement plongé dans ses pensées, sursaute.

— Oui?

— Voulez-vous vous joindre à moi? demandez-vous, avec votre sourire le plus séduisant.

Vous n'êtes pas sûre d'avoir trouvé la meilleure formule, mais au moins, votre demande est on ne peut plus claire... Et puis ce n'est pas comme si vous aviez l'habitude de faire ce genre de propositions!

Le jeune homme vous fixe un instant sans comprendre, avant de bégayer:

— M... moi? Sous... sous la douche, vous voulez dire?

Vous vous mordez la lèvre pour ne pas rire devant sa mine stupéfaite.

— Je vous attends... lancez-vous, avant de refermer la porte, non sans lui avoir jeté un regard que vous espérez envoûtant.

Frissonnante – et pas seulement à cause du froid —, vous retournez dans la cabine. Vous tendez l'oreille, guettant le moindre bruit pour tenter de deviner si le jeune steward a décidé d'accepter ou non votre invitation.

Soudain, vous entendez la porte s'ouvrir. Sam s'avance timidement dans la petite pièce. Il est torse nu, une serviette de bain blanche nouée autour des hanches. Votre première pensée est que vous ne vous étiez pas trompée: le jeune homme a vraiment un corps d'athlète.

Son torse imberbe révèle des muscles parfaitement dessinés. Des pectoraux marqués, des abdominaux solides, et surtout, deux délicieuses lignes qui partent de ses hanches pour se rejoindre sous la serviette, comme une irrésistible invitation...

Sam s'est arrêté sur le seuil de la pièce, et il vous admire, les yeux écarquillés. Vous lui tendez la main pour l'encourager à vous rejoindre. Il fait deux pas, et vous n'avez plus qu'à tendre le bras pour dénouer la serviette, qui tombe à ses pieds.

Vous baissez les yeux pour découvrir son sexe, bandé et bien plus gros que vous ne l'imaginiez. Sam suit votre regard et rougit.

Vous lui prenez la main, et l'attirez sous l'eau chaude. Prenant son courage à deux mains, le steward se penche vers vous et vous embrasse. Le contact chaud et doux de ses lèvres vous fait frissonner. Il a un goût frais de bonbon à la menthe.

Si le début du baiser est timide, le jeune homme s'enhardit rapidement : bientôt, sa langue cherche la vôtre, son étreinte se fait plus passionnée.

Vous vous reculez avec un petit sourire, et attrapez le flacon de gel douche. «Cette fois, c'est à moi de mener le jeu» vous dites-vous, en versant un peu du liquide dans votre main. Vous entreprenez de lui savonner le corps. Sa peau est lisse, presque imberbe, et très douce. Vous commencez par le torse et les épaules, puis vous descendez le long des bras. Vous passez ensuite la mousse dans le dos, avant de revenir sur son ventre.

Vous sentez tout son corps se tendre, mais vous évitez son sexe pour le moment. Vous massez longuement ses fesses bombées et fermes, puis vous vous accroupissez pour descendre vos mains le long de ses jambes musclées. Vous remontez lentement, à l'intérieur de ses mollets, de ses genoux, puis de ses cuisses.

Le jeune homme pousse un gémissement quand, enfin, vos mains entourent sa queue. Vous faites de lents va-et-vient, jusqu'à ce que tout le savon soit rincé par l'eau chaude qui continue à ruisseler sur vos corps.

Vous jetez un œil au visage de Sam : les yeux fermés, la bouche ouverte, il se livre complètement à vous. Vous vous agenouillez sur le sol froid de la cabine de douche, et passez lentement votre langue sur son gland brûlant. Avec un nouveau gémissement, Sam avance ses hanches. Votre bouche se referme autour de son sexe et l'avale lentement. Sa respiration s'accélère, et son sexe se gonfle encore, et vous sentez le sperme monter dans sa queue. Vous vous écartez juste avant qu'il jouisse en poussant un cri rauque, appuyé contre la paroi de la douche.

Sam vous dévore du regard alors que vous vous relevez avec un sourire satisfait.

— À mon tour, maintenant, chuchotez-vous à son oreille, avec un aplomb qui vous surprend vous-même.

Le fait d'endosser le rôle de femme expérimentée face au jeune homme est très libérateur : vous vous sentez plus à l'aise que jamais auparavant. Pour la première fois, vous osez demander, indiquer ce dont vous avez envie.

Vous prenez ses mains et les guidez jusqu'à vos seins. Le jeune homme se met à pétrir votre poitrine, frôlant vos tétons, pendant qu'il vous mordille l'oreille. Un frisson parcourt votre colonne vertébrale quand il attrape vos fesses et vous plaque contre son corps nu. Ses doigts parcourent votre peau glissante de savon, sa queue de nouveau dressée appuie contre votre ventre.

Enfin, ses mains se rejoignent sur votre sexe. Il écarte vos lèvres et les parcourt de bas en haut. Délicatement, vous guidez son majeur pour qu'il vienne se poser sur votre clitoris. Sam hoche la tête, reconnaissant, et se met à tracer des cercles doux, mais fermes sur votre bouton. Ainsi guidé, chacun des gestes de Sam est d'une redoutable efficacité. C'est un peu comme si vous faisiez l'amour avec quelqu'un qui vous connaît parfaitement... tout en ayant le frisson de l'inconnu !

Vous sentez déjà le plaisir monter dans votre ventre. Vous vous arc-boutez, poussant votre bassin vers lui, et il semble comprendre le message. Vous en voulez plus.

Vous gémissez quand ses doigts quittent votre sexe pour couper l'eau de la douche et attraper la serviette de bain. Il vous entoure du tissu moelleux et vous entraîne hors de la cabine. Sans prendre la peine de se sécher, il ouvre un des petits coffrets posés sur la tablette, et en sort un préservatif, qu'il vous tend sans un mot.

Vous laissez tomber votre serviette et sortez le préservatif de son étui, avant de le dérouler sur son sexe bandé. Puis, vous repoussez Sam sur la banquette. Assis, il lève les yeux vers vous, sa respiration rapide, son impatience palpable.

Vous venez vous installer à califourchon sur lui, son sexe appuyant juste à l'entrée du vôtre. Lentement, vous abaissez votre bassin, et son énorme queue vous pénètre. Une fois qu'il est entièrement en vous, vous vous arrêtez un instant, pour laisser à vos muscles le temps de s'habituer.

Vous sentez les gouttes d'eau glisser dans votre dos, sur votre ventre, sur votre sexe où elles viennent se mêler à votre propre humidité. Tremblante de froid et d'impatience, vous ondulez, bientôt suivie par Sam. Chacun de ses coups de hanches vous arrache un gémissement tant la pénétration est profonde.

Le plaisir monte inexorablement, vous sentez vos muscles se contracter. La main droite de Sam vous soutient le dos, mais sa main gauche est libre. Vous la saisissez, et la guidez vers votre sexe. Cette fois-ci, ses doigts dénichent seuls votre clitoris. Quelques cercles appuyés suffisent à vous arracher un cri. Vous sentez vos cuisses se contracter, vos jambes se raidir. Soudain, l'orgasme vous secoue tout entière. Vous sentez le plaisir de Sam se mêler au vôtre, et sa chaleur réchauffer votre ventre.

Haletante, vous vous laissez tomber sur la banquette, l'esprit embrumé. Sam se relève pour attraper une serviette sèche, et la passer autour de vous.

Vous lui lancez un regard reconnaissant. Ensuite seulement, il prend une serviette pour lui, et entreprend de se sécher. Puis, avec un sourire timide, il murmure :

— Je vous attends à côté. Prenez tout votre temps…

Il vous faut quelques minutes pour émerger tout à fait. À votre tour, vous vous séchez, le sourire aux lèvres.

Rhabillez-vous, et rejoignez Sam en 66.

65

Votre imagination continue à vagabonder agréablement pendant quelques minutes, avant que vous vous ressaisissiez : Sam doit avoir dix ans de moins que vous… Il n'a rien demandé, pourquoi vous comporter avec lui comme les autres hommes se comportent avec vous ? Après tout, s'il avait eu envie de mieux vous connaître, ne vous l'aurait-il pas fait sentir ?

Non, tout ce que vous allez gagner, c'est de transformer ce moment de relaxation parfaite en un souvenir embarrassant. Votre décision est prise. Vous profitez encore quelques instants du délicieux jet d'eau chaude, avant de vous envelopper dans le moelleux peignoir blanc.

Une fois sortie, vous vous séchez minutieusement les cheveux, puis vous entreprenez de tester tous les produits de luxe mis à votre disposition. Et il y a de quoi faire : huile pour le corps, crème hydratante au caviar, mousse coiffante. Rien n'a été oublié !

Un bon quart d'heure plus tard, vous venez de finir de vous rhabiller quand Sam frappe à la porte. Vous ouvrez la porte pour vous excuser.

— Désolée, j'ai été un peu longue, c'est ça?

— Ne vous inquiétez pas, vous rassure le jeune steward. C'est seulement qu'il faut que je retourne là-haut, mes collègues vont me chercher…

Vous ramassez votre sac à main par terre, et déclarez:

— Voilà, je suis prête!

Vous suivez Sam dans le couloir, et l'attendez pendant qu'il referme la porte à clef. Le jeune homme se tourne ensuite vers vous:

— Vous voulez que je vous reconduise à votre place?

Vous hochez la tête.

— Je veux bien. Avec ma chance, je risque de tomber sur une hôtesse qui me demandera de quel droit je me promène en première avec mon billet d'éco!

Vous suivez donc Sam dans l'allée, traversant toute la cabine de première, puis l'espace bar, avant de parvenir au rideau de séparation qui se trouve juste avant la classe éco.

— Je vous laisse ici, annonce Sam. Avec un peu de chance, vous pourrez dîner: on sert la classe éco plus tard que la première et la business…

— Bonne nouvelle! répondez-vous en souriant. Et vraiment, merci encore, Sam. Vous avez sauvé mon voyage!

Son sourire vous montre qu'il est heureux d'avoir pu vous aider. Il vous dit au revoir d'un signe de main avant de s'éloigner. Vous franchissez le rideau, et cherchez votre place du regard.

« Ouf, elle est toujours libre!» vous dites-vous, en vous avançant. Bonne nouvelle: Tom, votre charmant voisin, n'est ni en train de dormir, ni de regarder un film !

Rejoignez-le en 37.

66

Sam est entièrement rhabillé, son corps parfait de nouveau dissimulé par son uniforme de steward. Seul le rose de ses pommettes pourrait trahir ce qui vient de se passer entre vous.

— Je vous raccompagne, propose Sam, toujours aussi prévenant.

Vous ramassez votre sac à main, et quittez discrètement la cabine. De retour dans le couloir, il vous faut encore traverser la première classe sans vous faire remarquer. Heureusement, vous ne croisez pas d'hôtesse, et parvenez à la classe éco sans encombre.

— Je dois retourner travailler là-haut, s'excuse Sam. Mais ça a été…

Le jeune homme baisse les yeux en rougissant, sans terminer sa phrase.

— Oui, pour moi aussi, Sam, murmurez-vous. Vous avez été parfait. Sur tous les plans.

Le jeune steward rougit encore plus, mais quand il relève les yeux vers vous, vous voyez qu'il est flatté.

— Allez-y, lui conseillez-vous. Je ne voudrais pas que vous ayez des problèmes avec vos collègues à cause de moi! Si on vous pose des questions, vous n'aurez qu'à dire que je vous ai demandé de rester avec moi pour me soutenir moralement!

Le jeune homme hoche la tête avant de tourner les talons. Vous le regardez s'éloigner en soupirant. Cette expérience était pour le moins… inattendue. C'est la première fois que vous faites l'amour avec un homme plus jeune que vous, moins expérimenté aussi. Et cet épisode vous a permis de découvrir une nouvelle facette de votre personnalité. Vous êtes capable de prendre les choses en main, vous aussi…

Le jeune steward vous a fait vous sentir femme, sûre de vous, séduisante, belle, même. Et vous comptez bien mettre à profit cette nouvelle confiance en vous pendant les jours à venir!

Rejoignez votre place en 16.

Vous préférez suivre les consignes de Jade : vous n'avez aucune envie de devoir expliquer à une hôtesse ce que vous fabriquez dans l'espace réservé aux premières classes, alors que vous êtes en possession d'un billet pour la classe éco.

Vous êtes donc obligée de traverser tout le pont supérieur de l'avion, en passant par la classe affaires… Mais soudain, alors que vous avancez discrètement dans l'allée, vous vous souvenez : c'est ici que se trouve Louis Trachenberg, le célèbre homme d'affaires dont vous avez refusé l'invitation à dîner tout à l'heure !

Vous jetez un coup d'œil paniqué autour de vous. Et s'il vous voyait passer ? Au bout de quelques instants, vous finissez par le repérer. Par chance, le célèbre homme d'affaires se trouve à l'opposé de vous. En continuant dans l'allée où vous avancez actuellement, il n'y a que peu de chance qu'il vous aperçoive. En plus, il est plongé dans son ordinateur, visiblement concentré.

vol 6996 pour L.A.

Vous pressez tout de même le pas, pour éviter tout risque de face-à-face désagréable. Bientôt, vous rejoignez la classe éco, avec un soupir de soulagement: plus de crainte d'être prise en faute! Vous vous dirigez tranquillement vers l'escalier situé en queue de l'avion, que vous empruntez d'un pas léger, ravie d'aller retrouver Tom.

« Pourvu qu'il ne dorme pas!» vous dites-vous, en arrivant en bas. Vous franchissez le rideau de séparation, et jetez un coup d'œil. Soulagée, vous constatez que ce n'est pas le cas.

Rejoignez Tom en 37.

68

Dépitée, vous décidez d'aller faire quelques pas pour vous changer les idées. Vous souriez en pensant à votre grand-mère, qui vous a bien répété qu'il était important de vous dégourdir régulièrement les jambes pendant un long-courrier.

« De toute façon, réalisez-vous, je dois aller faire un tour aux toilettes.»

Vous vous dirigez donc vers les cabines situées derrière le rideau de séparation. Malheureusement pour vous, la première est occupée et la seconde en panne.

«C'est bien la peine d'être dans un avion ultramoderne avec des bars partout si on ne peut même pas aller aux toilettes!»

Vous n'avez aucune envie de faire le pied de grue. Vous poussez donc jusqu'au bar, mais plusieurs passagers y sont déjà accoudés. Là aussi, vous allez devoir attendre…

Sans réfléchir, vous poursuivez votre route, tout droit, jusqu'au rideau suivant. De là où vous vous trouvez, vous voyez distinctement la porte des toilettes réservées aux premières classes.

Vous jetez un coup d'œil autour de vous : personne ne vous prête la moindre attention...

« Je suis sûre que même leurs toilettes sont hyperluxueuses», vous dites-vous, avec un petit sourire. Vous qui vouliez épicer un peu votre voyage... pourquoi ne pas commencer par une infraction mineure ? Après tout, le pire qui puisse vous arriver, c'est d'être prise en flagrant délit, et de vous faire sermonner.

« Je pense que je peux survivre à ça ! » décidez-vous, en vous faufilant derrière le rideau.

Entrez dans les toilettes en 27.

Vous souriez gentiment à Sam, avant de secouer la tête.

— Vous êtes très gentil, répondez-vous. Et je vous remercie beaucoup pour votre intervention… Mais là, tout de suite, je ne rêve que d'une chose : regarder un film tranquillement avant de dormir quelques heures.

Le steward se lève aussitôt.

— Oui, bien sûr, je comprends. Voulez-vous que je vous raccompagne ?

Vous êtes ennuyée pour le jeune homme : il a l'air si gentil, vous ne voudriez pas le vexer.

— Je veux bien, merci beaucoup.

— Par ici.

Vous suivez le jeune steward qui emprunte l'escalier situé à l'avant de l'avion pour rejoindre le pont inférieur. Quand vous traversez l'espace réservé aux premières classes, vous êtes bien contente de ne pas être seule. Il ne manquerait plus que de vous faire réprimander par une hôtesse !

Quelques instants plus tard, vous voilà de retour au point de départ. Vous remerciez chaleureusement le jeune homme.

— J'espère que vous ne garderez pas un trop mauvais souvenir de votre voyage, vous dit-il, avant de s'éloigner.

Vous vous arrêtez un instant pour réfléchir. Non, ce ne sera pas un mauvais souvenir... plutôt une aventure étonnante à raconter à vos amis. Une chose est sûre, ce vol vous a permis d'en apprendre plus sur vous-même !

Installez-vous confortablement en 29.

Table des chapitres

Table des chapitres

Table des chapitres

Imprimé en Allemagne par GGP Media GmbH, Poessneck,
en mars 2014
ISBN : 978-2-501-09401-6
4147989
dépôt légal : avril 2014